鳥羽 亮

残照の辻

剣客旗本奮闘記

実業之日本社

実業之日本社文庫

残照の辻　剣客旗本奮闘記　目次

残照の辻　剣客旗本奮闘記

第一章　横雲《よこぐも》

1

障子の向こうに、大川の川面《かわも》がひろがっていた。その川面に夕陽が映じて、鴇色《ときいろ》の絹布《けんぷ》でも流したようにひかっている。その淡い夕陽のなかを、客を乗せた猪牙舟《ちょきぶね》がゆっくりと下っていく。

よく晴れた静かな雀色時《すずめいろどき》だった。

柳橋《やなぎばし》の料理屋、浜富《はまとみ》の二階の座敷だった。青井市之介《あおいいちのすけ》は、障子の間から大川の川面に目をやっていた。川風に当たっていたのだ。涼気をふくんだ川風が、酒気で火《ほ》照《て》った肌に心地《ここち》好かったのである。

「ねえ、もうすこし、どう？」

おとせが、市之介の胸に肩先を寄せて銚子を取った。

おとせは、粋《いき》な年増《としま》だった。うりざね顔で色白、花弁のような形のいいちいさな唇をしていた。その唇から洩《も》れた熱い息が市之介の耳朶《じだ》にかかった。しっとりとした白肌が、朱《しゅ》を刷《は》いたように染《そ》まっている。

「うむ……」

市之介は杯を手にした。

だいぶ飲んでいた。市之介は端整な顔立ちで、なかなかの男前だったが、どことなく茫洋とした雰囲気があった。すこし目尻が下がっているせいかもしれない。その顔が、赤みを帯《お》びている。

おとせは、浜富の座敷女中だった。市之介は、おとせを馴染《なじ》みにしていたのである。

「今夜は、ゆっくりしていけるんでしょう」

酒をつぎながら、おとせが甘えるような声で言った。

「そのつもりだが……」

市之介はそう応《こた》えたが、陽《ひ》が沈んだら、帰らねばならぬ、と胸の内でつぶやいた。おとせとこれ以上深い関係になるのは、避けようと思ったのである。

市之介は、酔った勢いでおとせを抱いたことがあったが、客と料理屋の女中の関係を越えることはできないとお互い分かっていたのだ。

市之介は二十四歳、二百石の旗本だった。非役で、暇をもてあましていた。酒好きということもあって、何かと理由をつけては自邸を抜け出し、柳橋界隈《かいわい》の料理屋や飲み屋などに出入りしていた。

市之介は独《ひと》り身《み》だったが、二百石を喰《は》む旗本の当主であり、料理屋の女中を娶《めと》るわけにはいかなかった。それに、おとせには、三つになる房吉《ふさきち》という男児がいたのだ。仮に、市之介がおとせに嫁にきてくれと言っても、おとせの方で断るはずである。

おとせは、二十一歳だった。十七のとき手間賃稼ぎの大工といっしょになり、房吉を産んだのだ。ところが、房吉が生まれた翌年、亭主は普請中の屋敷の屋根から落ち、頭を打って亡《な》くなったのである。

おとせは、房吉を連れて小体《こてい》な瀬戸物屋をひらいている実家にもどった。その後、房吉を母親にあずけて、浜富に勤めるようになったのだ。

おとせが子持ちのせいもあるのか、市之介にはおとせが姉のように思えることもあった。おとせが歳上《とし》に思えることも、手を出せない理由のひとつである。

「どうだ、房坊は元気か」

市之介が、酒をついでもらいながら訊《き》いた。

「ええ……、元気ですよ」

おとせが、身を硬《かた》くして肩先を引いた。顔に、戸惑うような表情が浮いている。母親であることを思い出したのかもしれない。

市之介は杯をかたむけて飲み干《ほ》すと、

「さて、暗くなる前に帰るか」

と言って、腰を上げた。

おとせは、とめなかった。おとせにも、市之介とは男女の深みに嵌《は》まらない方がいいという思いがあるにちがいない。

浜富の格子戸《こうしど》をあけて外へ出ると、淡い夕闇につつまれていた。

目の前に、大川がひろがっている。黒ずんだ川面が、無数の波の起伏を刻《きざ》みながら両国橋《りょうごくばし》の彼方《かなた》までつづいていた。船影はなく、荒涼とした感じがした。流れの音が、轟々《ごうごう》と低い地響きのように聞こえてくる。

「ねえ、また来てよ」

おとせは市之介の腕に肩先を押しつけ、鼻声で言った。馴染みの座敷女中にもどっている。

「おとせ、飲み過ぎるなよ」

そう言い置いて、市之介は戸口から出た。

おとせは見送ってくれたが、市之介は振り返らなかった。懐手《ふところで》をして、飄然《ひょうぜん》と歩いていく。

大川端に出た市之介は、柳橋のたもとを右手にまがって神田川《かんだがわ》沿いの通りへ出た。市之介の屋敷は、下谷《したや》の練塀小路《ねりべいこうじ》近くにあった。神田川沿いの通りを筋違御門《すじかいごもん》の方へ歩き、和泉《いずみ》橋のたもとを過ぎてから右手へまがれば、屋敷の前へ出られる。

神田川沿いの通りは、濃い暮色につつまれていた。表店《おもてだな》は大戸をしめて店仕舞《じま》いしている。人影はほとんどなく、ひっそりとしていた。ときおり夜鷹《よたか》らしい女や酔客などが、通り過ぎていくだけである。

心地好い春風が吹いていた。神田川の岸辺に群生した芒《すすき》や葦《あし》が、サワサワと揺れている。

神田川にかかる新《あたら》シ橋のたもとを過ぎていっとき歩くと、前方に和泉橋が迫ってきた。夕闇のなかに、橋梁が黒く浮き上がったように見えている。

そのとき、和泉橋のたもとに人影が見えた。遠方ではっきりしなかったが、数人いるようだ。

その人影が交差している。

……斬り合いか！

人影の手元がにぶくひかり、かすかに刀身の触れ合うような音が聞こえた。

市之介は、歩調を変えなかった。懐手をしたまま、悠然と歩いていく。かかわり合いになるつもりはなかったし、道筋を変える気にもならなかった。それに、こうした斬り合いもそうめずらしいことではなかったのだ。

この時代（弘化《こうか》三年、一八四六）、度重《たび》なる外国船の来航による外圧、尊王攘夷《そんのうじょうい》論の台頭、幕府及び諸藩の財政の逼迫《ひっぱく》などにより、幕藩体制は大きく揺らいでいた。そうした不穏な世情もあって諸国に尚武《しょうぶ》熱が高まり、江戸では剣術道場が隆盛していた。なかでも、千葉周作《ちばしゅうさく》の北辰一刀流《ほくしんいっとうりゅう》、玄武館《げんぶかん》、斎藤弥九郎《さいとうやくろう》の神道無念流《しんとうむねんりゅう》、練兵館《れんぺいかん》、桃井春蔵《もものいしゅんぞう》の鏡心明智流《きょうしんめいちりゅう》の士学館《しがくかん》などが、江戸の三大道場と謳《うた》われて大勢の門弟を集めていた。

そうした門弟たちが、ときには腕試しと称して辻斬りをすることもあったし、道場破りなども横行していた。また、諸藩から出奔《しゅっぽん》した志士が江戸に潜伏し、ときには勢力争いなどから斬り合いになることもあったのだ。

そのとき、ワアッ、という悲鳴が聞こえた。ひとりが身をのけ反《ぞ》らせ、たたらを踏むように泳いだ。そして、闇に沈むように姿が見えなくなった。川岸から落ちたのかもしれない。

すると、人影の動きがとまり、刀身のひかりも消えた。納刀したようだ。斬り合いは終わったらしい。

立っているのは、三人だった。

市之介は、かまわず和泉橋の方へ歩を進めた。

三人の男は、市之介の方へ小走りに近付いてくる。しだいに、三人の姿がはっきりしてきた。三人とも小袖《こそで》に袴《はかま》姿だった。二刀を帯びている。牢人《ろうにん》ではなさそうだったが、幕臣にも見えなかった。浪士たちであろうか。

三人は前から来る市之介に気付くと、川岸の方へ身を寄せ、さらに足を速めた。男たちは、顔を隠すように川面の方に顔を向けて通り過ぎていく。

擦《す》れ違ったとき、血の匂いがした。

市之介は、懐手をしたまま飄然と歩いていく。

2

チュン、チュン、と庭で雀が鳴いていた。春の陽の満ちた庭先で、二羽の雀が餌《えさ》をついばんでいる。

穏やかな晴天だった。市之介は縁先で胡座《あぐら》をかき、女中のお春《はる》が淹《い》れてくれた茶を飲んでいた。

「市之介、墨堤《ぼくてい》の桜はそろそろ見頃だろうね」

母親のつるが、声をかけた。

つるも、縁先に座して庭に目をやりながら茶を飲んでいたのである。

つるは四十五歳、名前のとおり鶴のように痩《や》せていた。色白で首が細く、面長《おもなが》である。眉が細く、ちいさな唇をしていた。物言いはやわらかく、﨟《ろう》たけた感じがする。三年前、夫の四郎兵衛《しろべえ》が亡くなり、いまは寡婦《かふ》だった。

墨堤は向島《むこうじま》の大川端の堤で、桜の名所として知られていた。八代将軍吉宗《よしむね》が植えさせた桜だといわれている。

「八分咲きといったところですかね」

市之介は、生欠伸《なまあくび》を嚙み殺しながら言った。

どうやら、つるは花見の遊山《ゆさん》に出かけたいらしい。

「おまえ、八分咲きがちょうどいいのだよ」

つるが言った。

「どうです、茂吉《もきち》でも連れて出かけたら」

茂吉は、青井家に仕える中間《ちゅうげん》である。もっとも、市之介は非役だったので、登城することはなく、他家への訪問も滅多になかったので、ほとんど屋敷内にいて下働きのようなことをしていた。

二百石取りとなると、屋敷内に馬を飼い、侍、槍持ち、馬の口取《くちと》り、甲冑《かっちゅう》持ち、小荷駄《こにだ》持ちなど五人ほどの奉公人を雇《やと》わねばならないが、そんなことをしていたら暮らしていけない。青井家の奉公人は、茂吉と飯炊きの五平《ごへい》、それに通いの女中のお春がいるだけだった。市之介やつるの供をして歩くのは、茂吉と五平だけである。

青井家には厩《うまや》もあったが、納戸《なんど》にも置けないようながらくたが放り込んであった。蜘蛛《くも》の巣だらけで、なかにも入れない有様である。

「佳乃《よしの》も連れて行こうかね」

つるが、つぶやくような声で言った。

佳乃は、市之介の妹だった。まだ、十五歳だった。色白の器量よしだが、子供らしさの残っている娘である。

「それがいいですよ」

「その前に、相模屋《さがみや》に行こうかね」

相模屋は、日本橋室町《にほんばしむろまち》にある呉服屋だった。つるが贔屓《ひいき》にしている店である。着物を買おうというのである。

「どうぞ」

市之介は、うんざりした顔で言った。そうは言ったが、つるの着物を買う余裕はないだろう。

つるは浪費家だった。いや、浪費家というより、金に頓着《とんちゃく》ないのだ。つるの家は、千石高の大身《たいしん》だった。父親は御側衆《おそばしゅう》まで栄進した大草与左衛門《おおくさよざえもん》である。御側衆の役高は五千石で、老中待遇であるから大変な出世であった。当時、大草家には五千石の実入りがあったことになる。

つるは与左衛門の三女に生れ、何不自由なく育った。そうしたこともあって、青井家に嫁いだ後も、家のやりくりは夫である四郎兵衛がやっていたのだ。用人がいれば、家の切り盛りはまかせられるが、用人を雇う余力もなかったのである。そして、四郎兵衛の死後、市之介がやらざるを得なくなったのだ。ただ、やりくりといっても、市之介の場合、札差《ふださし》から渡される金を必要に応じて使うだけのことである。

一方、大草家では、与左衛門が十数年前死に、いまは嫡男《ちゃくなん》の主計《かずえ》が大草家を継《つ》ぎ、御目付の要職にあった。

市之介が膝先にあった湯飲みを手にし、冷めた茶をすすろうとしたとき、廊下を慌《あわ》ただしく歩く音がして障子があいた。

顔を出したのは、佳乃である。

「あ、兄上、糸川《いとかわ》さまがおみえです」

佳乃が声をつまらせて言った。

ふっくらした色白の頬が、朱《あけ》に染まっている。どういうわけか、母親のつるとはちがって、肉置《ししお》きは豊かだった。ぽっちゃりした可愛い顔をしている。おそらく、父親に似たのであろう。母親に似ているところは、花弁のようなちいさな唇であろうか。それに、性格もおっとりした母親とちがって、少々慌て者である。

「佳乃、何ですか、そんなに慌てて……」

つるが間延びした声で言った。

「ともかく、客間に通してくれ」

市之介が言った。

糸川俊太郎《しゅんたろう》は、市之介と剣術道場で同門だった男である。市之介は少年のころから、御徒町《おかちまち》にあった心形刀流《しんぎょうとうりゅう》の伊庭軍兵衛秀業《いばぐんべえひでなり》の道場に通っていた。伊庭道場は、玄武館、練兵館、士学館にくわえ、江戸の四大道場といわれて隆盛し、大勢の門人を集めていた名門である。

市之介は、剣術の稽古《けいこ》が嫌いではなかったので熱心に稽古に励んだ。くわえて、剣の天稟《てんぴん》があったのか、二十歳《はたち》ごろになると、師範代にも三本のうち一本は取れるほどに腕を上げた。ところが、三年前に道場をやめてしまった。父が亡くなり青井家を継いだことが一因だが、酒の味を覚え遊び癖がついたせいでもある。それに、非役の市之介には、剣術をつづけても何の役にもたたないという思いがあったのだ。

玄関の脇に客間があった。薄暗い座敷で、なんとなく埃《ほこり》っぽい。滅多に客などこないので、掃除もなおざりにしているのかもしれない。

市之介は客間で糸川と対座すると、庭に面した居間に通せばよかった、と思ったが後の祭りである。

「何かあったのか」

市之介が訊いた。

糸川の顔はけわしく、通りかかったので立ち寄ったという雰囲気ではなかったのだ。

糸川は市之介より二つ年上だったが、入門がいっしょだったので、お互い朋友《ほうゆう》のような物言いをした。

糸川は大柄な体軀《たいく》で、胸が厚く、どっしりとした腰をしていた。眉と髭《ひげ》が濃く、頤《おとがい》が張っている。武辺者《ぶへんもの》らしいいかつい面構《つらがま》えである。

「おぬしに、訊きたいことがあってな」

糸川が市之介を見つめながら言った。

「なんだ?」

「おぬし、一昨日の夕方、神田川沿いの道を歩いていたな」

「歩いていたが、それがどうした」

浜富からの帰りである。

「斬られた者がいてな、その近くで、おぬしの姿を見かけた者がいる。まさか、おぬしが斬ったわけではあるまいな」

糸川の目に心底を探るようなひかりがあった。

「あのことか。……おれでは、ないぞ」

市之介は、和泉橋近くで斬り合いを目撃したが、そのことらしい。

「おぬし、見たのか」

「ああ、遠方ではっきりしなかったが、斬り合いがあったのはたしかだ」

市之介は、そのときの様子をかいつまんで話した。

「すると、三人で斬ったというのだな」

「おれには、そのように見えた。三人と擦れ違ったが、殺気だっていたし、擦れ違うとき血の匂いがしたからな」

「顔を見ているのか」

「いや、暗くてな。それに、擦れ違ったとき、向こうが、顔を隠したので、よく見えなかったのだ」

「うむ……」

糸川は顔をけわしくして視線を膝先に落とした。

そのとき、障子があいて、女中のお春と佳乃が茶を運んできた。佳乃は、糸川が何の話をしにきたのか、気になってついてきたようだ。何にでも興味を持って、首をつっ込んで来るのである。

お春が去った後、佳乃がもっともらしい顔をして市之介の脇に膝を折った。市之介たちの話を聞くつもりなのだ。

「佳乃、ちと、込み入った話でな。席をはずしてくれんか」

市之介が頼んだ。

「は、はい、何かご用があったら声をかけてくださいね」

佳乃は、頬を赤くして腰を上げた。

3

佳乃が座敷から出て行くと、

「糸川、斬られたのは幕臣か」

と、市之介が声をあらためて訊いた。

糸川は、御徒目付《おかち》だった。御目付の配下で、主に御目見《おめみえ》以下の幕臣を監察糾弾《きゅうだん》する役で、探索、密偵なども行う。その糸川が乗り出したとなると、幕臣のかかわった事件とみていいだろう。

「殺されたのは三人だ」

糸川が声をひそめて言った。

「なに、三人だと！」

市之介が、斬られたのを見たのはひとりだけである。あるいは、その前にふたり斬られたのかもしれない。

「御納戸衆《おなんど》の有馬重兵衛《ありまじゅうべえ》さま。それに、家士《かし》の田村義平《たむらぎへい》と中間の磯六《いそろく》だ。下手人たちが狙《ねら》ったのは、有馬さまのようだ」

「うむ……」

思わぬ人物だった。御納戸衆は御納戸組頭の配下で、将軍の所有する金銀や衣類、調度品などの出納と大名旗本の献上品などをつかさどる役柄である。御役料は二百俵だった。田村と磯六は、有馬に従っていて斬殺されたのであろう。

「おれたちは大草さまに命じられて、有馬さまを殺害した下手人を探っているのだ」

糸川が言った。

「伯父《おじ》上か」

大草主計は母親のつるの兄なので、市之介には伯父にあたる。

「それで、おぬしが現場を通りかかったらしいので、様子を訊きにきたわけだ」

「そういうことなら、よく顔を見ておけばよかったな」

市之介は、下手人たちと出会っても分からないだろうと思った。

「もうひとつ、おぬしの耳に入れておきたいことがある」

糸川が声を低くして言った。

「なんだ？」

「有馬さまは、喉《のど》を横に斬られていた。刀を横一文字に払ったものだろう。その一《ひと》太刀《たち》で、有馬さまは仕留められていた」

糸川が顔をけわしくした。

「喉を一太刀か……」

下手人は手練《てだれ》とみていい。しかも、かなり特異な刀法を遣《つか》ったようだ。喉を横に斬り裂《さ》くような刀法は、市之介の知っている流派にはなかった。

「おぬし、何か心当たりはないか」

「ないな。……どうだ、矢萩《やはぎ》どのに訊いてみたら」

市之介が言った。

矢萩茂三郎《もさぶろう》は伊庭道場の高弟だった男で、いまは独立して本郷《ほんごう》に町道場をひらいていた。あまり流派にこだわらず、他流の者も指南したり、志のある者は食客として面倒をみているので、諸国から様々な流派の者が集まっているという噂だった。

矢萩なら、喉を横に斬り裂く刀法について何か知っているかもしれない。

「そうだな」

「これから、出かけるか」

八ツ（午後二時）ごろだった。本郷なら近い。これから出かけても、矢萩から話を聞けるはずである。

「おぬしも、行ってくれるか」

「いいだろう」

市之介は退屈していたのだ。それに、喉を横に斬り裂く剣にも、興味があったのである。

ふたりは立ち上がり、玄関へ出ると、慌てた様子で佳乃が出てきた。

「兄上、お出かけですか」

佳乃が訊いた。

「本郷の矢萩どののところへな。糸川のお供だ。……佳乃、母上の話し相手にでもなってくれ」

そう言い置き、市之介は何か話しかけたいような顔をしている佳乃に背をむけた。

市之介と糸川は下谷の町筋を抜け、御成《おなり》街道を横切って、神田明神社の裏手をたどって本郷へ出た。

中山道《なかせんどう》をいっとき歩き、加賀《かが》、前田《まえだ》家の上屋敷の前を通り過ぎた。そして、左手の路地に入った。路地沿いに、大小の武家屋敷がつづいている。

その路地をいっとき歩いて、

「あれだな」

糸川が前方を指差した。糸川も市之介も、矢萩道場に来るのはしばらくぶりだったのだ。

半町（約五十五メートル）ほど先の角に、道場らしき建物があった。側面が板壁になっていて、武者窓がついている。そこから、気合、竹刀《しない》を打ち合う音、床板を踏む音などが、ざわめくように聞こえてきた。稽古中のようだ。

玄関を入ると、土間になっていた。土間の先に狭い板敷きの間があり、その奥の板戸がしめてあった。板戸の向こうが道場になっているのだ。そこから激しい稽古の音が聞こえてきた。

板敷きの間の脇に廊下があり、道場とその奥の母屋《おもや》につながっている。市之介は以前道場を訪ねたとき、母屋に通されたことがあったのだ。

「頼もう！　どなたかおられぬか」

糸川が大声を上げた。大声を出さなければ、稽古の音に掻《か》き消されてしまう。いっときすると、三十がらみと思われる武士が、手ぬぐいで顔の汗をぬぐいながら出てきた。

高弟の岩瀬甚八郎《いわせじんぱちろう》である。市之介は岩瀬を知っていた。もっとも、矢萩道場を訪ねたおり、顔を合わせただけである。

岩瀬は市之介たちの顔を見ると、驚いたような顔をしたが、

「青井どの、糸川どの、久し振りだな」

そう言って、相好《そうごう》をくずした。岩瀬も、市之介たちのことを覚えていたようである。

「矢萩どのは、おられようか。お訊きしたいことがござって……」

糸川が小声で言った。

「しばし、待ってくれ」

岩瀬はそう言い置いて、道場にもどった。矢萩に伝えるためであろう。

待つまでもなく、すぐに岩瀬はもどってきた。

「上がってくれ。お師匠が、お会いするそうだ」

岩瀬が案内したのは、道場の奥の母屋だった。庭の見える客間である。客間とい

っても、狭い座敷で、床の間もなかった。

障子が開け放たれ、庭が見えた。松、梅、山紅葉《やまもみじ》などが植えてあったが、しばらく植木屋が入っていないらしく、雑草が繁茂していた。新緑が春の陽を浴びて、燃えるようにかがやいている。

4

市之介たちが客間に座していっとき待つと、矢萩が入ってきた。五十がらみ、大柄で丸顔、目が細く地蔵のような顔をしている。胸が厚く、肩幅がひろかった。背筋が伸び、腰が据《す》わっている。身辺に剣の遣い手らしい落ち着きと威風がただよっていた。

市之介と糸川が時宜《じぎ》の挨拶《あいさつ》を述べようとすると、

「挨拶はいい。……わしに、話があるそうだな」

すぐに、矢萩が切り出した。

「はい」

「話してみろ」

「一昨日、神田川沿いの通りで三人の男が斬られました。その傷が、変わったもので、矢萩どのにお訊きしたいと思ったのです」

糸川は、斬られた男の名や身分は口にしなかった。

「どんな傷だ」

矢萩が訊いた。細い目に、好奇の色があった。剣客《けんかく》として興味を持ったのであろう。

「喉を一太刀、横一文字に」

「なに」

矢萩が驚いたような顔をした。

「下手人は、変わった剣を遣うとみました。……矢萩どの、何か心当たりはございませんか」

糸川が訊いた。

矢萩はいっとき虚空に視線をとめて黙考しているようだったが、

「横雲《よこぐも》かもしれぬ」

と、ぼそりと言った。

「横雲とは」

思わず、市之介が身を乗り出すようにして訊いた。

「いや、わしも噂を耳にしたことがあるだけでな、くわしいことは知らんのだ。たしか、横川《よこかわ》道場の者が遣ったと聞いたが……」

「横川道場？」

市之介は、横川道場を知らなかった。

「玄武館の門弟だった横川という男がひらいた道場だが、四、五年前につぶれたと聞いている」

玄武館は、千葉周作がひらいた北辰一刀流の道場である。

「すると、横雲という剣は北辰一刀流ですか」

「いや、北辰一刀流には、そのような剣はないはずだ。……そうだ、沖山《おきやま》が玄武館に通っていたことがあるな。しばし、待て。沖山を呼んでくる」

矢萩は、すぐに腰を上げた。

連れてきたのは、三十がらみと思われる長身の武士だった。

「沖山定次郎《さだじろう》でござる」

対座すると、すぐに名乗った。

市之介たちも名乗った後、

「沖山、玄武館で横川といっしょだったな」

と、矢萩が訊いた。

「横川晋兵衛《しんべえ》どのでございますか」

「そうだ」

「横川どのとは、三年ほどいっしょでした。横川どのは、玄武館をやめた後、水谷町《みずたにちょう》に道場をひらきましたが」

水谷町は京橋川《きょうばしがわ》沿いにひろがる町である。

「たしか、四、五年で、道場はつぶれたと聞いたが」

矢萩が言った。

「はい、門弟が集まらなかったようです」

沖山によると、横川は陸奥《むつ》国、磐田藩《いわたはん》の領内に住む郷士で、剣を学ぶために出府《しゅっぷ》し、玄武館で修行したが、竹刀や防具を遣って打ち合う稽古法に否定的だったそうだ。それというのも、横川は磐田藩内に伝えられていた迅鬼流《じんきりゅう》なる剣を身をつけ、その稽古法に馴染んでいたからだという。

「迅鬼流は、木刀による組《くみ》太刀の稽古が中心で、ときには木刀を遣って打ち合う真剣勝負さながらの稽古もおこなったそうです。そうした命がけの荒々しい稽古のため、門弟たちはついていけなかったようです」

「さもあろう」

矢萩がうなずいた。

江戸の剣術道場では、防具を身につけ、竹刀で打ち合う試合稽古が中心だった。近年、剣術が隆盛をみるようになったのは、試合形式の稽古ができるようになったこともその一因である。

竹刀を遣った稽古は、真剣勝負さながらに打ち合うことができる。木刀を遣っての型《かた》稽古とちがって、勝負のおもしろさがあるのだ。それに、自分の向上を自覚することもできるのである。

「ところで、横雲なる剣を知っているか」

矢萩が声をあらためて訊いた。

「噂は聞いたことがございます」

「どのような剣なのだ」

「見たことはありませんが、脇構《わきがま》えから斬り上げ、踏み込んで二《に》の太刀を横に払う剣だそうです」

「二の太刀が、首を襲うのだな」

沖山によると、その二の太刀が迅《はや》く、一瞬、刀身の光芒《こうぼう》が筋のように見えるだけだという。それで、横雲と名付けられたそうだ。

「真剣勝負の剣だな」

矢萩の顔がけわしくなった。どのような剣か、分かったからだろう。

……おそろしい剣だ！

と、市之介も思った。

捨て身の剣である。脇構えから、そのまま斬り上げるさいに己《おのれ》の面《めん》があくはずだ。敵の真《ま》っ向《こう》への斬り込みを恐れず、踏み込んで二の太刀をふるわなければ、切っ先が敵の首筋へとどかないのだ。まさに、身を捨てて敵を仕留める必殺剣である。

「横川晋兵衛が、会得《えとく》した剣なのか」

矢萩が訊いた。

「そのようですが、横川道場の門弟にも横雲を教授したと聞いていますので、他にも遣う者がいるかもしれません」

「うむ……」

矢萩が黙ると、次に口をひらく者がなく、座敷は重苦しい沈黙につつまれた。

「ところで、横川の歳は？」

市之介が訊いた。

「それがしより、年上で三十五、六ではないかと」

沖山によると、横川は大柄で頑強な体をしていたという。

市之介につづいて、

「横川は、いまも水谷町の道場に住んでいるのか」

糸川が訊いた。

「そこまでは、知りませんが……」

沖山は首を横に振った。

それから、小半刻（三十分）ほどして、市之介と糸川は腰を上げた。すでに、道場の稽古は終わったらしく、気合や竹刀を打ち合う音は聞こえてこなかった。

矢萩は立ち上がった市之介と糸川に目をむけ、

「青井どの、糸川どの、横雲を破るのは容易ではないぞ」

と、声をかけた。

「承知しております」

市之介がちいさくうなずいた。

5

翌日、市之介は糸川とふたりで、水谷町へ行ってみた。横川道場を訪ね、横川や主だった門弟たちのその後の様子をつかむためである。

糸川はひとりで行くつもりだったらしいが、市之介が、おれもいっしょに行くと言って同行したのである。市之介は暇だったこともあるが、ひとりの剣客として横雲なる剣に興味を持ったのだ。

水谷町へ入って、京橋川沿いで訊くと、横川道場のことはすぐに分かった。

道場はしまっていた。戸口に近付いてみたが、人のいる気配はなかった。横川はむろんのこと、住人はだれもいないようだった。

道場の近所を歩いて聞き込むと、道場は五年ほど前につぶれていた。その後半年ほどして、横川は道場から姿を消したらしい。横川に家族はなく、どこへ行ったのか知っている者はいなかった。

「横川が国許《くにもと》に帰ったとは、思えんな」

日本橋通りを北へ歩きながら、糸川が言った。ふたりは、そのまま御徒町《おかちまち》に帰るつもりだったのだ。

「江戸にいるはずだ。……有馬さまは、横雲の剣で斬られたのだからな。横川か、一門の者が手にかけたとみていいだろう」

市之介が言った。

「なにゆえ、横川は有馬さまを斬ったのだろう」

糸川が首をひねった。

横川は牢人のはずだった。その横川が、幕府の御納戸衆とかかわりがあるとは思えなかったようだ。

「おれには、分からん。それを、はっきりさせるのが、おぬしの仕事ではないか」

市之介が歩きながら言った。

市之介は、そのときの様子を見ていたのだ。辻斬りや追剝《おいは》ぎの類《たぐい》ではない。しかも、下手人は三人だったのだ。

「有馬さまの身辺を探れば、何か出てくるかもしれんな」

糸川がつぶやくような声で言った。

ふたりは、日本橋を渡ると中山道を北へむかい、神田川にかかる昌平橋《しょうへいばし》を渡った。

神田川沿いの道を歩きながら、

「青井、おれの家へ寄っていけ」

と、声をかけた。

糸川の住む屋敷は、御徒町の藤堂和泉守《とうどういずみのかみ》の上屋敷の裏手にあった。市之介の家の近くである。

「そうだな」

陽は西の空にまわっていたが、陽射しは強かった。八ツ半（午後三時）ごろであろうか。いまから、家に帰ってもやることがなかった。

「おみつがな、青井に逢いたがっていたぞ」

そう言って、糸川は青井の顔を覗《のぞ》くように見た。

おみつは、糸川の妹だった。歳は十七。うりざね顔で、色白の美人である。市之介は、糸川の家へ立ち寄ったとき、おみつとも何度か顔を合わせていたが、特別な関係ではなかった。季節の挨拶をかわす程度で、ふたりだけで話したこともなかったのだ。

「おい、いらぬことを言うなよ。おみつどのが、気を悪くするからな」

市之介は、照れたような顔をして言った。

ふたりは、和泉橋のたもとを左手にまがった。町家《まちや》のつづく通りをしばらく歩くと、右手に藤堂和泉守の屋敷が見えてきた。その屋敷の裏手に、糸川の家はある。

小身の旗本や御家人《ごけにん》の屋敷のつづく通りの一角に、糸川の住む屋敷があった。御徒目付は百俵五人扶持《ぶち》である。その身分にふさわしい小体な屋敷だった。簡素な木戸門で、板塀がめぐらしてある。

玄関の引き戸をあけて糸川が奥にむかって声をかけると、慌ただしそうな足音が聞こえた。姿を見せたのは、糸川の母親のたつである。物腰は柔らかかったが、目尻の小皺《こじわ》が目についた。四十代半ばであろうか。

「さァ、青井さま、上がってくだされ。すぐに、おみつを呼びましょう」

たつが、昂《たかぶ》った声で言った。母親までが、市之介とおみつの仲を勘繰《ぐ》っているようである。

「い、いえ、すぐに帰りますので……」

市之介は、顔を赤らめて小声で言った。わざわざ、おみつを呼ばなくてもいいのである。何の用もないのだ。これでは、おみつが目当てで、糸川家に立ち寄ったようではないか。

たつは、市之介を縁側に面した座敷へ連れていった。居間らしい。あけられた障子の間から、さわやかな風が流れ込んでいた。

「茶を淹れましょう」

そう言い置いて、たつは座敷から出ていった。

「糸川、伯父上の指図で、下手人を探っていると言ったな」

市之介が、むずかしい顔をして言った。何か話題にしなければ、気詰まりで落ち着かなかったのだ。

「そうだ」

「すると、御徒目付で、他にもこの事件を探っている者がいるのか」

「いる」

糸川によると、糸川をくわえて三人の御徒目付と御小人《おこびと》目付の者が十人ほど探索に当たっているという。御小人目付は御徒目付の配下なので、糸川たちの指図で動いているのだろう。

そのとき、廊下を歩く足音がし、おみつが姿を見せた。

おみつは市之介の脇に膝を折ると、

「粗茶でございます」

と言って、湯飲みを市之介の膝先に置いた。

その指先がかすかに震《ふる》えていた。色白の頬や首筋が、ほんのりと朱に染まっている。おみつも、市之介のことを意識しているようだ。

「青井がな、おみつの顔を見たいというので連れてきたのだ」

糸川が、口元に笑いを浮かべながら冷やかすように言った。

「な、なにを言う……」

市之介は言葉につまった。

いきなり、本人を目の前にして、そんなことを言い出すやつがあるか、と思ったが、市之介は何も言えなかった。顔が赤くなっているのが、自分でも分かった。

おみつは、恥ずかしそうに視線を落とし、膝の上で両手を握りしめていた。頬が紅葉色に染まっている。

いっとき、糸川はニヤニヤしながら、市之介とおみつを見ていたが、

「今日のところは、これくらいにしておこう。……おみつ、青井とな、大事な話があるので、遠慮してくれ」

と言って、市之介に助け船を出した。

「は、はい」

おみつは市之介に頭を下げると、慌てた様子で座敷から出ていった。

「糸川、これでは、いきなり後ろから崖へ突き落とすようなやり方ではないか」

市之介が腹立たしそうに言った。

「まァ、そう怒るな。……おみつが、おぬしのことを気にかけているのは嘘ではないからな」

糸川はまた口元に笑いを浮かべた。

「うむ……」

市之介は湯飲みを手にして、茶をがぶりと飲んだ。気を鎮《しず》めようと思ったのである。

ひどく、気が昂っていたが、嫌な気はしなかった。おみつの紅葉のように染まった頬が、目の前にちらついている。

6

「旦那《だんな》さま、旦那さま」

庭先で、市之介を呼ぶ茂吉の声がした。

市之介は朝餉《あさげ》を終え、居間にもどってくつろいでいるところだった。

「どうした」

市之介は、障子をあけて庭先を覗いた。

茂吉がこわばった顔で立っていた。茂吉は五十がらみ、父の代から青井家に奉公している中間だった。小柄で小太り、猪首《いくび》で妙に顔が大きい。げじげじ眉で、分厚い唇をしていた。いかつい顔だが、気のやさしい男である。

茂吉は中間だったが、ふだんお仕着《しき》せの法被《はっぴ》を着ていなかった。小袖を裾高に尻《しり》っ端折《ぱしょ》りし、股引《ももひき》姿だった。市之介は登城しなかったし、供をして出かけることもほとんどなかったからである。

「柳原《やなぎわら》通りで、人が殺されてますぜ」

茂吉が縁側の前に立って言った。

「おれは、町方でも目付筋でもないぞ。人が殺されていようが、斬り合いがあろうが、おれとは何のかかわりもない」

「糸川さまが、いたんでさァ」

茂吉は現場近くを通りかかって、糸川の姿を目にしたことを言い添えた。

「糸川がな」

有馬が殺された件と何かかかわりがあるのかもしれない。

「茂吉、案内《あない》してくれるか」

市之介は行ってみようと思った。

「へい」

茂吉の声が大きくなった。茂吉としても、屋敷内でくすぶっているより、気が紛《まぎ》れていいのかもしれない。

市之介は、つるに、所用で出かけてくる、とだけ言い置いて、玄関から出た。

曇り空だった。ただ、薄雲で空は明るかった。雨の心配はなさそうである。

市之介は茂吉について、和泉橋を渡った。渡った先が柳原通りである。柳原通りは賑《にぎ》わっていた。様々な身分の老若男女が行き交っている。

通り沿いには古着を売る床店《とこみせ》が立ち並び、大勢の客がたかっていた。柳原通りは古着を売る床店が多いことで知られている。

「旦那さま、こっちでさァ」

和泉橋のたもとで茂吉は右手にまがり、筋違御門の方へむかった。

いっとき柳原通りを歩くと、茂吉が、

「あそこの柳の陰でさァ」

と言って、前方を指差した。

堤に植えられた柳が枝葉を茂らせていた。その樹陰の叢《くさむら》のなかに、人垣ができていた。通りすがりの野次馬が多いようだったが、御家人らしい武士や岡っ引きらしい男の姿もあった。武士のなかに糸川もいるようだ。

そこは、通りからすこし入った雑草におおわれた地だった。柳の樹陰で通りから
は見えない場所である。

市之介は人垣を分けて、立っている糸川のそばに近付いた。茂吉もついてきた。

「青井、見てくれ」

糸川が低い声で言った。顔に苦悶の表情が刻まれている。

糸川の足元の叢のなかに、男がひとり仰《あお》向《む》けに倒れていた。凄絶《せいぜつ》な死顔だった。

目を剝《む》き、口をあんぐりあけている。首筋から胸にかけて、どす黒い血に染まって
いた。首筋の肉がひらき、かすかに白い頸骨《けいこつ》が覗いている。出血が激しかったらし
く、着物はどっぷりと血を吸い、あたりの叢にも血が飛んでいた。

……横雲の剣か！

男は首筋を横一文字に斬られていた。

「高木八三郎《たかぎやさぶろう》、小人目付だ」

糸川が小声で言った。

「おぬしの配下か」

「そうだ。……昨夜、殺《や》られたらしい」

糸川が無念そうに言った。

「高木は、何を探っていたのだ」

「殺された有馬さまにかかわりのある者を洗っていた」

「うむ……」

高木が何かつかんだために、殺されたのかもしれない、と市之介は思った。

そのとき、ざわめきが起こり、人垣が左右に割れて数人の武士が姿を見せた。いずれも羽織袴姿だった。御家人ふうである。

「青井、下がっていてくれ。同じ目付筋の者だ」

そう言って、糸川は武士たちの方へ近付いた。どうやら、御徒目付とその配下の御小人目付たちらしい。高木が斬殺されたことを知って、駆け付けたのだろう。

市之介は茂吉を連れて後ろへ下がった。市之介の出る幕はなかったのである。

市之介は人垣の間にまぎれて様子を見ていた。糸川は仲間たちに事情を説明しているようだった。声はかすかに聞こえたが、話の内容までは聞き取れなかった。

糸川たちはいっとき話していたが、年配の武士が糸川らと離れ、配下の御小人目付らしいふたりの男に何やら伝えた。ふたりは、すぐにその場を離れて人垣の間から姿を消した。

すると、糸川が市之介に近付いてきて、

「ともかく、高木の亡骸《なきがら》を家族の許に運ぶことになったのだ。このまま放置しておけんからな」

と、小声で言った。

「そうか」

市之介も、高木の死体をこの場に放置できないと思った。それに、高木は幕臣なので、事件は町方の管轄ではなかった。目付筋の者たちが死体を引き取っても差支えないはずである。

「青井も、引き取ってくれ」

糸川が言った。

「分かった」

市之介は、人垣を分けて外へ出た。市之介が、この場にいても何の役にも立たないのである。

「旦那さま、どうしやす」

通りへ出たところで、茂吉が訊いた。猟犬のように、目がひかっている。岡っ引きにでもなった気でいるのであろうか。

「どうするって、帰るしかないな」

町方でもないし、市之介が手を出すことはないのである。

7

その日、市之介は八ツごろ、ひとり家に帰ってきた。糸川の許へ行き、その後の探索の様子を聞いてきたのである。糸川によると、探索の進展はないという。

市之介は、糸川と小半刻ほど話しただけで腰を上げた。おみつはたつと出かけていて屋敷にいなかったし、それ以上糸川と話すこともなかったのだ。

屋敷の玄関から入ると、慌ただしそうな足音がして佳乃が姿を見せた。

「あ、兄上、来てますよ」

佳乃が声をつまらせて言った。

「だれが来ているのだ」

「伯父上のご家来の方です」

「小出《こいで》どのか」

小出孫右衛門《まごえもん》は、伯父の大草主計に仕《つか》える用人である。長く大草家に仕え、すでに還暦にちかいはずだが、矍鑠《かくしゃく》としていた。小出は大草家の使いとして、青井家にも姿を見せることがあったのだ。

「は、はい、いま、母上が客間でお相手をしてます」

佳乃が言った。

「分かった。すぐ、行く」

市之介は、框《かまち》から上がるとすぐ客間にむかった。

「青井さま、お待ちしてました」

小出が丁寧《ていねい》な物言いをした。

大柄で赤ら顔、髷《まげ》や鬢《びん》に白髪が目立ったが、肌には艶《つや》があり皺や肝斑《しみ》はほとんど見られなかった。

「市之介、兄上がおまえにご用があるそうだよ」

つるが、いつものようにおっとりした口調で言うと、

「それがしと、ご同行願いたいのですが」

と、小出が言った。

小出によると、大草は下城後、市之介と会いたいので、小出に連れてくるよう命

じたのだという。

「承知した」

断ることはできなかった。相手は伯父であり、御目付の要職にある男である。その上、青井家で何か困ったことがあると、援助してくれるのだ。

大草家の屋敷は神田小川町《おがわまち》にあった。神田川にかかる昌平橋を渡ればすぐである。

市之介は大草家への道すがら、小出に、どんな用なのか、それとなく訊くと、

「それがしは、聞いておりませぬ。……殿にお会いして訊いてくだされ」

と、そっけなく言った。

大草家は、千石の旗本にふさわしい門番所付きの長屋門を構えていた。市之介が案内されたのは、庭に面した書院だった。客間というより、親しい者を通す座敷である。市之介は、この座敷で大草と会うことが多かった。

その座敷で、小半刻ほど待つと、廊下に足音がして障子があいた。大草である。

「市之介、待たせたかのう」

大草が目を細めて言った。

大草は五十がらみ、面長で鼻梁《びりょう》が高く、目が細かった。つるに似てほっそりしている。すこし背がまがり、武芸などにはまったく縁のなさそうな体軀だった。ただ、

細い目には、能吏《のうり》らしい鋭いひかりがあり、おだやかな物言いとあいまって、要職にある者の落ち着きと威厳があった。

大草は、市之介が時宜の挨拶を述べるのを聞いてから、

「どうだ、つると佳乃は息災《そくさい》かな」

と、おだやかな物言いで訊いた。

「はい、ふたりとも元気です」

「それはなにより。……実は、市之介に頼みがあってな」

大草は顔の笑みを消して言った。

「どのようなことでございましょうか」

「御納戸衆の有馬が、何者かに斬殺されたのだが、知っているかな」

大草が声を低くした。

「噂には、聞いております」

ちょうど、通りかかって目撃したことは言わなかった。なぜ、助けなかったか問われそうだったからである。

「小人目付の高木八三郎が、殺されたことは？」

「その件も、噂に聞いております」

やはり、その件か、と市之介は思った。大草が御目付として有馬や高木の殺された件を探っているのであろう。

「実は、御納戸方に不正があるのではないかと言う者がいてな。有馬から事情を訊こうとしていた矢先に、殺されたのだ」

大草が市之介を見すえて言った。細い目に切っ先のようなひかりがあった。顔から柔和そうな表情が消え、けわしくなっている。これが、御目付としての顔なのであろう。

「まことでございますか」

となると、有馬は口封じのために殺されたとも考えられる。

「しかも、有馬につづいて高木が殺された。高木は、有馬を斬った下手人を探っていたのだ」

「……」

「報《し》らせによると、有馬と高木を斬った下手人は、同一人《どういつにん》らしいのだ」

「噂には、そのように聞いております」

市之介も、下手人が横雲と呼ばれる特異な刀法を遣ったらしいことから、同じ人物とみていたのである。

「その下手人は、剣の遣い手だというではないか」

「そのようです」

「わしは、今後も事件を探っている目付筋の者や御納戸方の者が、斬殺されるのではないかとみて、懸念《けねん》しているのだ」

「いかさま」

市之介も、そう思った。おそらく、事件の全貌をあばいて下手人を始末しなければ、今後も斬殺される者が出てくるだろう。

「そこで、市之介に頼みがある」

大草が声をあらためて言った。

「頼みともうされますと」

市之介は大草に目をむけた。

「おまえは、剣の腕が立つ。その剣を生かしてもらいたい」

「剣を生かすと言われても……」

市之介は困惑した。何をすればいいのか、分からないのである。

「おまえは、糸川と親しくしているそうだな」

「剣術道場の同門でしたので」

「ならば、糸川に助勢して下手人を捕らえてくれ。……手に余らば、斬ってもかまわんぞ」

大草が強いひびきのある声で言った。

「ですが、伯父上、それがしは目付筋ではございません」

ただ働きだった。それも、命懸《が》けの仕事である。

「分かっておる。……おまえは、お上《かみ》より二百石の扶持を得ておるが、何のご奉公もしておらん」

さらに、大草の語気が強くなった。

「……」

市之介は顔を伏せ、肩をすぼめた。大草の言うとおりである。

「ならば、よい機会ではないか。その剣で、お上のためにご奉公いたせ」

「ハッ」

市之介は、畳に両手をついて低頭した。そうせざるを得なかったのである。

大草は強い視線で市之介を見ていたが、急に顔をやわらげ、

「そのうちな、おまえを相応の役柄に推挙しようと思っておるのだ。……御老中にも、昵懇《じっこん》にさせていただいているお方がいるのでな、夢ではないぞ」

と、急にやさしい声になって言った。

大草の父、与左衛門は御側衆で幕閣の中枢にいた。そのころの繋《つな》がりが、いまでもあるらしい。

「ハハァ!」

市之介は、額を畳にこすりつけるように頭を下げた。

第二章　敵影

1

「糸川さま、茂木《もてぎ》さまの若党を捕らえて、吟味したらどうでしょうか」

佐々野宗助《ささのそうすけ》が、歩きながら言った。

佐々野は、糸川の配下の御小人目付だった。糸川と佐々野は、御納戸衆の茂木繁《しげ》三郎《さぶろう》の屋敷の近所で聞き込みをし、その足で、小石川《こいしかわ》にある御納戸組頭、多賀要蔵《たがようぞう》の屋敷を確認しての帰りだった。

茂木は殺された有馬と同じ役柄で、多賀要蔵の配下だった。糸川は茂木が有馬の動きを嗅《か》ぎまわっていたという情報を得、茂木も何か事件にかかわっているのではないかとみて、佐々野とともに茂木の身辺を探っていたのである。

「まだ、早いな」

糸川が言った。

糸川たちは茂木の身辺を洗い、日本橋室町にある呉服屋の大店《おおだな》、筒井屋《つついや》のあるじの徳兵衛《とくべえ》と多賀や茂木が度々宴席をもっていることをつかんでいた。そのことから、茂木と筒井屋との間で何か不正があるのではないかと疑いを抱いたが、確かなことは何も出てこなかった。確かな証《あかし》がないのに将軍に近侍《きんじ》する御納戸方の者を捕らえれば、御目付の責任が問われるだろう。

「若党の坂本峰吉《さかもとみねきち》ならば、事情を知っていると思いますが」

坂本は、茂木の使い役として筒井屋に出かけたり、茂木の供として宴席にも姿を見せていることが、筒井屋への聞き込みで分かったのだ。

「だが、何とでも言い逃れができるぞ」

糸川は、坂本を攻めるにしても駒《こま》不足だと思った。それに、まだ有馬や高木を斬殺した下手人の姿が見えていないのだ。すくなくとも、多賀や茂木が下手人とつながっていることが、はっきりしなければ手は出せない。

ふたりは、神田川沿いの通りを歩いていた。風のない静かな夕暮れ時だった。神田川の流れの音が、笹の葉でも振るようにサラサラと聞こえてくる。

すでに、暮れ六ツ（午後六時）を過ぎていた。西の空に残照がひろがっていたが、樹陰や表店の軒下などには淡い夕闇が忍びよっている。表店は店仕舞いし、通りはひっそりとしていた。

前方に和泉橋が迫ってきた。日中は渡る者の絶えない橋だが、いまは橋上に人影がなかった。暮色のなかに、橋梁が妙にくっきりと黒く浮き上がったように見えている。

「糸川さま、だれか、います」

佐々野が声をひそめて言った。

糸川も気付いていた。和泉橋のたもとに、ふたつの人影があった。岸辺の柳の樹陰にいるのではっきりしないが、武士のようだ。小袖に袴姿で、二刀を帯びていることは見てとれた。

佐々野は人影を見て、有馬と高木を斬殺した者たちのことを思い浮かべたのかもしれない。

「案ずることはあるまい」

糸川の胸にも、斬殺した者たちのことがよぎったが、相手はふたりだった。高木が斬られたおり、市之介が目にしたのは三人である。それに、武士が路傍に立っているのを見て恐れをなし、道を変えたとなれば、笑い物になるだろう。

糸川は歩をとめなかった。佐々野も跟《つ》いてくる。

糸川たちが、和泉橋のたもとに近付くと、柳の樹陰にいた武士が、ゆっくりとした足取りで、通りへ出てきた。

「い、糸川さま、もうひとり！」

佐々野が、声を震わせて指差した。

見ると、橋の向かいの表店の軒下から、もうひとり武士が姿をあらわした。やはり小袖姿で二刀を帯びている。

武士は小走りに、糸川たちの背後にまわり込んできた。

……こやつらだ！

糸川は察知した。有馬と高木を斬った三人組である。

「に、逃げましょう」

佐々野が、ひき攣《つ》ったような顔をして言った。

「間に合わぬ！」

前からふたり、背後からひとり。挟み撃ちのような格好だった。

なんとか切り抜けるしかない、と糸川は思った。

だが、佐々野は恐怖に顔をゆがめ、凍りついたように身を硬くしていた。真剣で斬り合ったことはないのだろう。とても、戦える状況ではなかった。

「佐々野、隙《すき》を見て逃げろ！」

糸川は佐々野を逃がそうと思った。

「糸川さまも……」

「よし、逃げよう」

糸川も、三人を相手にして勝てる自信はなかった。それに、三人のなかには、横雲を遣う手練がいるはずである。

三人の武士は左手で鍔元《つばもと》を握り、疾走してきた。前からくるふたりは、中背痩身の武士とずんぐりした体軀の武士だった。背後からの武士は大柄である。

三人のなかでも、背後から来る武士が手練らしかった。胸が厚く、どっしりと腰が据わっていた。その身辺には、するどい殺気と相手を竦《すく》ませるような威圧がある。

「うぬら、何者だ！」

糸川が誰何《すいか》した。

三人とも無言で迫ってくる。眼光がするどく、獲物に迫る狼のような迫力があった。

「佐々野、突破するぞ」

叫びざま、糸川が抜刀した。

「は、はい！」

佐々野も抜いた。

これを見た三人の武士も、次々に抜刀した。三人の刀身が、夕闇のなかでにぶい銀色《しろがねいろ》にひかっている。

イヤアッ！

突如、糸川が裂帛《れっぱく》の気合を発し、八相《はっそう》に構えたまま前に突進した。前から来るふたりの方が、突破しやすいとみたのである。

佐々野が目をつり上げ、必死の形相《ぎょうそう》で糸川の後につづいた。

前から来るふたりの武士は、驚いたように足をとめた。そして、慌てて青眼《せいがん》に構え、切っ先を糸川と佐々野にむけた。

かまわず、糸川は突き進んだ。ふたりの武士との間合が一気に迫る。

ヤアッ！

走りよりざま、糸川が正面に立った武士に斬り込んだ。

八相から袈裟《けさ》へ。たたきつけるような斬撃《ざんげき》だった。

オオッ！

と声を上げ、正面の武士が刀身を振り上げた。

青火が散り、甲高《かん》い金属音がひびいて、ふたりの刀身が上下にはじき合った。

次の瞬間、正面に立った武士の腰がくだけてよろめいた。糸川の強い斬撃に押されたのである。

「佐々野、走れ！」

糸川は体勢をくずした武士にかまわず、前があいた隙をついて走り抜けた。佐々野がつづく。

「逃がすな、追え！」

すぐ背後で、するどい声がひびいた。足音が迫ってくる。足音はふたり、吐く息の音も聞こえた。

……背後の武士だ！

糸川は察知した。ふたりのうちひとりは、背後から駆け寄ってきた大柄な武士のようだ。

そのとき、ギャッ！と絶叫を上げ、すぐ後ろにいた佐々野がのけ反《ぞ》った。大柄な武士の斬撃をあびたのだ。

「おのれ！」

糸川は足をとめて反転した。

佐々野が肩口を押さえてよろめいた。さらに、大柄な武士が佐々野を追ってきた。

刀身を低い八相に構えていた。その刀身が銀色にひかり、夕闇のなかをすべるように迫ってくる。

もうひとりの中背の武士は、さらに十間（約十八メートル）ほど後ろから走り寄ってきた。

「走れ、佐々野！」

糸川が叫びざま、大柄な武士に斬り込んだ。

振り上げざま、真っ向へ。捨て身の斬撃である。

同時に、大柄な武士も八相から袈裟に斬り込んできた。一瞬の反応である。

ザクリ、と糸川の肩先が裂けた。敵の切っ先をあびたのである。

一方、糸川にも敵を斬った手応えがかすかにあった。

だが、浅手である。切っ先で肩先の皮肉を浅く裂いただけである。

……太刀打ちできない！

糸川は、きびすを返して逃げた。

大柄な武士が、すぐ背後に迫っていた。

糸川は、このままでは大柄な武士に斬られると察知した。大柄な武士には、剣の手練がもつ威圧と凄《すご》みがあった。歳は三十代半《なか》ばであろうか、糸川は頭のどこかで、横雲を遣うのはこの男であろう、と思った。

糸川は懸命に走った。左の肩先に疼痛《とうつう》があったが、走ることには支障がなかった。佐々野は、糸川の前を悲鳴を上げながら逃げていく。

「待て！」

大柄な武士が追ってきた。

糸川と佐々野が逃げる。佐々野の足は乱れていたが、逃げ足は速かった。強い恐怖が、足を速くさせているのかもしれない。

そのとき、前方に人影が見えた。数人いる。職人ふうの男たちだった。談笑しながら、こちらに歩いてくる。男たちのなかに親方らしい貫禄《かんろく》の者がいた。居残りで仕事した奉公人たちに、親方が酒でも飲ませるつもりで連れてきたのかもしれない。

糸川と佐々野は、男たちの方へ走った。

男たちが、足をとめた。糸川と佐々野に気付いたらしい。男たちは目を剝いて、糸川たちを見つめている。

「辻斬りだ！」

糸川が叫んだ。

ギョッ！　としたように男たちが身を硬くし、顔を恐怖にゆがめた。糸川と佐々野の必死の形相と着物を濡らしている血を見たのかもしれない。

「つ、辻斬りだ！」

親方らしい男が、糸川と同じ叫び声を上げた。

男たちは、悲鳴や叫び声を上げて後じさった。

糸川は男たちの脇をすり抜けてから、後ろを振り返って見た。

大柄な男が、立ちどまっている。手にした刀身が、にぶくひかり、足元に垂れていた。追うのを、あきらめたようだ。

……助かった！

糸川も足をとめた。

佐々野はなおもよろめきながら逃げていく。肩口が、どっぷりと血を吸っていた。

深手かもしれない、と糸川は思った。

2

慌ただしく廊下を歩く音がし、障子があいて、佳乃が顔を出した。頬を紅潮させ、目を見開いている。

「あ、兄上、おみつさんです」

佳乃が声をつまらせて言った。

「糸川もいっしょか」

居間に寝転がっていた市之介は慌てて立ち上がり、捲《めく》れていた袴の裾を下ろし、たたいて皺を伸ばした。

「そ、それが、おみつさんひとりです。……すぐに、兄上に会いたいとおっしゃられています」

「ひとりだと……」

何かあったようだ、と市之介は察知した。

市之介が玄関に向かうと、佳乃がついてきた。

「あ、兄上、どんなお話でしょうか」

佳乃が昂《たかぶ》った声で訊いた。

「おみつさんに、訊いてみなければ分からんな」

市之介は素っ気なく言った。おみつがひとりで訪ねて来たとなると、浮いた話でないことは確かである。

見ると、おみつがひとり、蒼《あお》ざめた顔で戸口に立っていた。顔に不安と悲痛の色がある。

「おみつどの、何かあったのか」

市之介はおみつと顔を合わせると、すぐに訊いた。家に上がってくれ、と言うような雰囲気ではなかったのだ。

「あ、兄上が……」

おみつの声が震えていた。

「糸川がどうかしたのか」

「昨夕、斬られました」

「なに、斬られただと！」

市之介は驚いた。まさか、糸川が斬られるとは思っていなかったのだ。市之介の脇で、佳乃が顔をこわばらせている。

「それで、兄が、青井さまをお呼びするようにと……」

「糸川は生きているのだな」

糸川は斬殺されたのではないようだ。手傷を負っただけかもしれない。ともかく、市之介は安堵した。

「すぐ、行く」

市之介は、佳乃に大小を持ってこさせると、そのまま土間へ下りた。

「兄上、お気をつけて」

佳乃が甲走った声で言った。糸川が斬られたと聞いて、興奮しているようだ。

「佳乃、母上に、出かけたと伝えておいてくれ」

そう言い置いて、市之介はおみつにつづいて戸口から出た。

糸川は縁側に面した座敷に横になっていた。市之介が訪問したおり、糸川と話した座敷である。糸川の脇に、たつが心配そうな顔をして座っていた。

糸川は左の肩から右腋《わき》にかけて、分厚く晒《さらし》を巻いていた。晒に血が染《し》みてどす黒く染まっている。

糸川は市之介が座すと、身を起こし、

「なに、たいした傷ではないのだ」

と、苦笑いを浮かべて言った。

ただ、あまり顔色はよくなかった。土気色をしている。

「糸川、寝てろ」

市之介は安静にしていた方がいいのではないかと思ったのだ。

すると、たつが、

「俊太郎、休んでいたら……」

と、小声で言った。

「これしきの傷、どうということはない。……母上、おみつ、茶を淹《い》れてくれないか」

糸川が、ふたりに頼んだ。市之介と話すために、ふたりを部屋から出したいようだ。

「おみつ、手伝っておくれ」

そう言って、たつが立ち上がった。おみつも、たつにつづいて、座敷から出ていった。

ふたりの足音が遠ざかると、

「おれより、佐々野の方が深手なのだ」

糸川の顔に、無念そうな表情が浮いた。

「佐々野というと、糸川の配下か」

市之介は、糸川から佐々野という御小人目付がいることを聞いていた。

「そうだ、ふたりで、下谷長者町《ちょうじゃまち》にある御納戸役、茂木さまの屋敷界隈で聞き込んだ帰りに、和泉橋近くで三人組に襲われたのだ」

糸川がそのときの様子をかいつまんで話した。

「おれが見た三人組だな」

「ひとり大柄な男がいた。そやつが、横川だとみたが」

糸川が言った。

「切っ先を合わせたのか」

「いや、逃げながらなので、切っ先を合わせるほどの間はなかったが、そやつの構えは見た」

「脇構えか」

矢萩道場の沖山から、横雲の剣は脇構えから斬り上げると聞いていた。

「それが、八相だった」

「ならば、横雲の剣ではあるまい」

「おれは、横雲の剣とみた。……そやつは、逃げるおれに、走りながら斬り込んできたのだ。脇構えでは走りづらい。それで、八相に構えたとみるが」

「そうかもしれんな」

糸川が言わんとしていることは、理解できた。

脇構えでは走りづらいので八相に構え、そのまま刀身を横に払って首を払おうとしたのであろう。その場の状況に応じて、横雲の剣は構えや太刀筋を多少変えるのかもしれない。

「佐々野を背後から斬ったのも大柄な男だ」

「横川か」

「そうみていい」

糸川がけわしい顔をした。

ふたりの話がとぎれたとき、たつとおみつが茶を運んできた。市之介は黙したまま、湯飲みを膝先に差し出すおみつの指先を見ていた。白魚のように細く美しい指である。

市之介がうっとりしていると、

「青井」

糸川が声をかけた。

「な、なんだ」

「おれは、何日か動けん。……すまんが、手を貸してくれ」

「そのつもりだ」

糸川に言われるまでもなく、大草から、糸川に助勢して探索にあたるよう命じられていたのだ。

それから、小半刻（三十分）ほど、市之介は糸川からこれまで探索してつかんだことを聞いて腰を上げた。

「青井、油断するなよ。敵もこちらの動きに目を配り、隙を見せれば、容赦なく襲ってくるぞ」

糸川が顔をこわばらせて言った。

「油断はすまい。ともかく、おぬしはゆっくり養生することだな」

そう言い残して、市之介は座敷を出た。

おみつが、戸口まで送ってきた。いつもは、糸川といっしょだが、今日はおみつだけである。

「青井さま、お気をつけて……」

おみつが、切なそうな顔をして言った。

「また、寄らせてもらいます」

市之介はおみつと目を合わせ、ささやくような声で言った。

おみつは、恥ずかしそうに目を伏せた。色白の頬が紅葉色に染まっている。なんともいじらしい顔である。

おみつに背をむけて歩きだしたとき、市之介の脳裏《のうり》に、浜富のおとせの顔がよぎった。……どちらかにせねば、いかんな。

市之介は、指先で顎《あご》を撫《な》でながらつぶやいた。顎を撫でるのは、思案するときの癖である。

3

「旦那さま、佐々野さまが亡くなったそうですぜ」

茂吉が歩きながら言った。

「よく知ってるな」

市之介も、昨日、糸川家に立ち寄ったとき、その話を聞いていた。

糸川によると、佐々野は神田川沿いの道で三人組の武士に襲われて肩口を斬られ、そのまま家に帰ったが、二日後には息をひきとったという。傷口が深く、出血がとまらなかったためらしい。

糸川はひどく落胆していた。無理もない。いっしょにいながら、佐々野を殺されたのだ。しかも、配下の御小人目付が斬殺されたのは、高木につづいてふたり目だった。糸川にすれば、無念でならなかっただろう。

「あっしは、中間仲間から聞いたんでさァ」

茂吉は、中間として二十年ちかく青井家で奉公していた。中間仲間も何人かいるのだろう。

市之介と茂吉は、小石川にむかっていた。糸川から聞いていた多賀要蔵の屋敷を見ておくつもりだったのだ。むろん、できれば多賀家で奉公している中間でもつかまえて、話を訊いてみたいと思っていた。

五ツ半（午前九時）ごろだった。曇天で、生暖かい風が吹いている。川岸に群生した芒《すすき》や葦《あし》が、ザワザワと音をたてて揺れていた。神田川の川面にさざ波が立ち、岸辺に寄せている。

ふたりは、神田川沿いの道を湯島《ゆしま》の方へむかって歩いた。昌平坂《しょうへいざか》学問所の前を過ぎ、前方に水道橋《すいどうばし》が見えてきたところで、右手の路地へまがった。

いっとき歩くと、左手に水戸《みと》藩邸が見えてきた。多賀の屋敷は、水戸家上屋敷の東側にあると聞いていたのだ。

「この辺《あた》りかな」

市之介が通りに目をやった。

通り沿いには、大小の旗本屋敷がつづいていたが、どれが多賀の屋敷か分からなかった。

「あっしが、あいつらに訊いてみやしょう」

そう言うと、茂吉が小走りに市之介から離れた。前方から中間らしい二人連れが来るのを目にしたのである。

茂吉はふたりの男と顔を合わせると、なにやら話し始めた。市之介は路傍に立ったまま、茂吉がもどってくるのを待った。

しばらくして、茂吉が駆けもどってきた。

「だ、旦那さま、分かりやしたぜ」

茂吉が息を切らせて言った。

多賀の屋敷は、二町（約二百二十メートル）ほど行った先の左手にあるという。

斜《はす》向いに稲荷《いなり》があるので、それが目印になるそうだ。

二町程歩くと、稲荷があった。赤い鳥居の奥に古い祠《ほこら》があり、周囲を樫《かし》や欅《けやき》などの杜《もり》がかこっていた。大きな稲荷である。

「あの屋敷だな」

稲荷の斜向かいに、長屋門を構えた武家屋敷があった。門構えから見ると、四百石前後の旗本の屋敷である。

御納戸組頭の役高は四百俵だったので、この屋敷にまちがいないだろう。それに、稲荷の向かいには、他に木戸門の百石前後の屋敷があるだけだった。

「さて、どうするかな」

せっかく来たのだから、屋敷を見ただけで帰るのは残念である。かといって、訪《おとな》いを請《こ》うて、多賀家を訪ねるわけにもいかない。

「ちょいと、この稲荷で待っててもらえやすかい」

茂吉が丸い目をひからせて言った。

「何をする気だ？」

「あっしが、話の訊けそうなやつを連れてきやすよ」

「おい、多賀屋敷にもぐり込む気か」

市之介が慌てて言った。多賀家の者に知れたら、捕らえられるかもしれない。

「隣の屋敷でさァ。……木戸があいてるのが見えやすかい。あそこからちょいと覗いて、中間か下働きのやつを連れてきやしょう」

なるほど、木戸門の戸が一尺（約三十センチ）ほどあいている。

「連れてこられるか」

「ヘッヘヘ……。ちょいと、銭《ぜに》を握らせてやりてえんですがね」

茂吉が、揉《も》み手《て》をしながら上目遣いに市之介を見た。

「おお、そうか」

市之介は、すぐに懐《ふところ》から財布を取り出し、一朱銀をふたつ茂吉に握らせ、「一朱はおまえの手間賃だ」と言い添えた。

「ありがてえ！」

茂吉は二朱を握りしめ、跳ねるような足取りで多賀家の隣の屋敷へむかった。

市之介は稲荷の鳥居の脇に立って、茂吉の後ろ姿に目をやっていた。

茂吉は、木戸門から屋敷内を覗いていたが、門扉《もんぴ》の間をすり抜けてなかへ入った。

いっときすると、初老の男を連れて出てきた。すこし腰がまがっている。粗末な衣装から見て、下働きの男かもしれない。茂吉がうまく話をつけたようだ。

「稲荷のなかへ来てくれ」

　市之介は通りすがりの者に見咎《みとが》められないよう、稲荷の境内《けいだい》で話を訊くことにした。

　市之介は祠の前で初老の男と向かい合うと、

「名はなんというな」

　と、おだやかな声で訊いた。

「う、梅助《うめすけ》でさァ」

　男の声が震えていた。武士である市之介と人影のない境内で向かい合っているので、緊張しているようだ。

「梅助か。隣の多賀家のことで訊きたいことがあるのだがな。なに、懸念することはない。おれの知り合いが、御納戸としてお仕えすることになってな。要蔵どののことが、知りたいそうなのだ」

　市之介はもっともらしく言ったが、作り話である。

「何でも、訊いてくだせえ。……あっしの知ってることなら、何でも話しやす」

　梅助が口元をやわらげて言った。茂吉が握らせた袖の下が効《き》いているらしい。

「どうだな、多賀家の評判は」

市之介は、世間話でもする口調で切り出した。

「それが、あまり評判がよくねえんで」

梅助の顔に嫌悪の色が浮いていた。どうやら、梅助は多賀家のことをよく思っていないらしい。

「よくないか」

「へい、出世のためには、何でもするそうなんでさァ」

梅助によると、多賀要蔵は出仕したときは御納戸同心だったという。それが、御納戸衆に取り立てられ、さらに五年ほど後、御納戸組頭に栄進したそうだ。そして、現在の屋敷に移ってきたという。

「多賀家で奉公してる中間も、あきれてやした」

上役の御納戸頭はむろんのこと老中にまで、盆暮に付け届けをしたり賄賂《わいろ》を贈ったりしているという。

「それだけの金が、よくあるな」

御納戸組頭の役高は四百俵である。上役はともかく老中に賄賂を贈るほどの余裕はないはずである。

「……噂ですがね、室町の筒井屋とうまくやってるようでさァ」

梅助が、急に声をひそめた。

「筒井屋な」

市之介は、糸川から、多賀が筒井屋のあるじの徳兵衛と度々宴席を持っているらしいことを聞いていた。あるいは、筒井屋から多賀に金が流れているのかもしれない。ただ、多賀がそれほど身分のある男ではないので、筒井屋が多額の金を渡すほど旨味《うまみ》があるとも思えなかった。

「ところで、多賀家の奉公人のなかに、横川晋兵衛という男はいるかな」

市之介は、多賀と横川たちとのつながりを聞き出したかったのだ。

「横川というお侍は、いませんや」

梅助によると、侍の奉公人は用人がひとり、若党が三人だけで、後は中間や女中などだという。

梅助は、用人の室山重蔵《むろやまじゅうぞう》と若党の菊山林太郎《きくやまりんたろう》の名を口にした。他のふたりの若党の名は知らないという。

市之介は、室山と菊山の名を聞いた覚えはなかった。

「それから、要蔵どのは、ときおり料理屋に出かけることがあるそうだが、店の名が分かるか」

市之介は、店が分かれば店の女将《おかみ》なり女中なりから、様子を訊いてみるのも手だと思ったのだ。

「さァ、そこまでは知りやせんが……。そういやァ、貞吉《さだきち》が殿さまのお供で柳橋の福田屋《ふくだや》に行ったことがあると言ってやしたぜ」

貞吉は、多賀家で奉公している中間だという。

「福田屋な」

市之介は、福田屋を知っていた。おとせのいる浜富の近くにある老舗の料理屋である。富商や大身の旗本などが使うことで知られていた。

それから市之介は、多賀家へ出入りする御納戸衆のことを訊いたが、梅助は首を横に振っただけである。

「梅助、おれが訊いたことは内緒にしておいてくれ。つまらぬことで、勘繰られたくないのでな」

そう言ってから、市之介は梅助を屋敷へ帰した。

4

翌日、市之介は陽が西の空にまわってから家を出た。柳橋の浜富に行って、おとせから多賀のことを訊いてみようと思ったのだ。福田屋は浜富の近くなので、多賀の噂ぐらい耳にしているのではないかと思ったのである。

もっとも、本心は久し振りでおとせを相手に酒を飲みたかったので、おとせから多賀の情報を得ることは、それほど期待していなかった。

通りへ出ると、庭先で草取りをしていた茂吉が目敏《めざと》く市之介を見つけ、

「旦那さま、どこへお出かけです」

と、小走りに近寄ってきて訊いた。

肩先にかけた手ぬぐいで、顔の汗をぬぐっている。

「柳橋までな」

「福田屋ですかい」

茂吉は、梅助が福田屋のことを話したのを覚えていたようだ。

「まァ、そうだ」

「あっしも、お供しやしょう」

茂吉は、すぐにその気になった。

「い、いや……。おれひとりで行く」

福田屋ではなく、浜富に行くとは言えなかった。おとせのことは、つると佳乃はむろんのこと、茂吉にも内緒である。

「旦那さま、話を訊くなら、あっしにまかせておくんなせえ」

茂吉が声を大きくして言った。

「実はな、茂吉におりいって頼みがあるのだ」

咄嗟《とっさ》に、市之介は話をそらせた。何とか、ごまかさねばならない。

「何です、頼みとは？」

「室町の筒井屋のことを聞いてるな」

市之介が声をひそめて言った。

「へい」

茂吉が市之介にさらに身を寄せた。顔がひきしまっている。

「探ってくれんか。筒井屋と多賀要蔵のかかわりだ。……何でもいい。多賀の使いが、店に来たというだけでもな」

「やりやしょう。こうなったら、草取りなんかしちゃァいられねえ」

茂吉が、目をひからせて言った。どうやら、庭の草取りに飽きていたらしい。

「では、頼むぞ」

市之介はそう言い置くと、そそくさと木戸門から出ていった。


浜富の暖簾《のれん》をくぐると、帳場にいた女将のお富《とみ》が市之介を目にし、

「あら、いらっしゃい」

と声を上げ、慌てた様子で戸口へ出てきた。

すでに、四十歳ちかいはずだが、二十歳そこそこに見える。化粧で隠していることもあるのだろうが、色白の肌はしっとりとして、体の線もくずれていなかった。男客相手の商売を長年つづけているせいかもしれない。

「おとせはいるかな」

市之介が訊いた。おとせがいなければ、出直そうと思ったのである。

「はい、はい、おとせさん、旦那が来るのを首を長くして待ってたんですから」

お富が、笑みを浮かべて言った。

「今日は、おとせと話があってな」

市之介はもっともらしい顔をして言った。

「ゆっくり、ふたりだけでお話しになってくださいな。……奥の桔梗《ききょう》の間がいいでしょうね」

桔梗の間は二階の奥の座敷で、小人数の馴染み客や男女の密会などに使われる座敷だった。四畳半と狭いが、他の部屋から離れているため、静かで落ち着いて飲める。

市之介が桔梗の間に腰を落ち着け、お富に酒肴《しゅこう》を頼むと、お富と入れ替わるように、おとせが顔を見せた。

「旦那、いらっしゃい」

おとせは嬉しそうな顔をして、市之介に身を寄せてきた。脂粉《しふん》のいい匂いがした。この匂いを嗅ぐと、妙に心が騒ぐのだ。

いっとき、墨堤の花見のことや両国広小路の見世物小屋のことなどとりとめのないことを話していると酒肴の膳がとどいた。

「さァ、旦那」

すぐに、おとせが銚子を取った。

「おとせも飲め」

市之介も、おとせに酒をついでやった。

おとせが杯を干したとき、

「酔わないうちに、おとせに訊いておきたいことがあるのだ」

市之介が、浮ついた気持ちを抑《おさ》えて言った。

「なに、あらたまって」

「料理屋の福田屋を知ってるな」

「知ってるわ。すぐ、近くだもの」

「福田屋に、旗本の多賀要蔵と茂木繁三郎という男が、客として来たようなのだ。……ふたりは、室町にある筒井屋のあるじの徳兵衛と会っていたらしい」

「それで」

おとせが、身を乗り出すようにして訊いた。

「多賀と茂木を知っているか」

「知らないわ」

おとせは素っ気なく答えた。

「筒井屋の徳兵衛は？」

「名は聞いたことがあるけど、顔は知らない」

「それでは、多賀と茂木が徳兵衛と会っていることも知らないな」

「知るわけないわ」

おとせは、すこし身を引き、

「どうして、そんなこと訊くの」

と言って、市之介に目をむけた。

「おれの知り合いがな、ふたり、斬り殺されたのだ。その下手人たちと、多賀と茂木はかかわりがあるのだ」

まだ、はっきりしないが、横川たち三人は多賀や茂木と何かかかわりがあるはずである。

「ねえ、その話、神田川沿いで斬り殺されたひとのことじゃァないの」

おとせが訊いた。市之介にむけられた目に好奇の色がある。

「よく知ってるな」

「お客さんが噂してるの、聞いたのよ。……ねえ、そのことで、旦那が調べてるの？」

「まァ、そうだ」

「旦那、あたしも手伝いましょうか」

おとせが、目を剝いて言った。

「手伝うって、何をする気だ」

市之介は戸惑った。おとせが、思いもしなかったことを言い出したからである。

「あたしね、旦那の役に立ちたいのよ。いつも、お酒の相手だけじゃァ嫌なの」

おとせが、声を大きくして言った。座敷女中の顔ではなかった。目がかがやいている。町娘が、綺麗な着物を手にしたときのような顔である。

「うむ……」

手伝ってくれるのは有り難《がた》いが、おとせにできるようなことは何もないだろう。

市之介にしてみれば、酒を楽しく飲ませてくれるだけで十分なのだが……。

「あたし、福田屋に知り合いがいるわ。お初《はつ》さんていうひとでね。わたしと同じようにお座敷に出てるの。お初さんに訊けば、旦那がいま口にした人たちのことも分かるはずだわ」

おとせが向きになって言った。

市之介は、知り合いから話を訊くだけなら、どうということはあるまい、と思い、

「よし、おとせに頼む」

と、語気を強めて言った。

「それじゃァ、もうすこしくわしく話して」

そう言って、おとせがにじり寄ってきた。その気になっている。おとせの胸が、市之介の二の腕に付きそうだった。襟元から乳房の谷間が見え、花弁のような唇がすぐ目の前にある。震い付きたくなるほど色っぽい。

「ひとりは、多賀要蔵だったわね。もうひとりは、たしか、茂木……」

おとせが、真面目《まじめ》な顔をして首をひねった。おとせは、市之介の劣情に気付いていないようだ。

「繁三郎だ」

市之介は、おとせの尻の方に伸ばしかけた手をひっこめて声を大きくした。

5

糸川家の縁側に面した座敷に、四人の男が集まっていた。糸川と市之介、それに糸川と同じ御徒目付の森泉助次郎《もりいずみすけじろう》と松浦稲十郎《まつうらとうじゅうろう》だった。森泉と松浦も、糸川と同じように大草の配下で、同じ事件の探索にあたっていた。

糸川が横川たち三人に襲われ、七日経っていた。糸川の傷もだいぶ癒《い》え、刀を遣えるほどになっていた。

この日、糸川が同役の森泉と松浦、それに市之介を自邸に呼んだのである。

「青井どのは、大草さまの甥《おい》にあたる方でな、大草さまのご配慮で、此度《こたび》の一件の探索に力を貸してくれることになったのだ。……青井どのは、心形刀流の遣い手でな。おれたちが追っている横川にも、後れを取らぬはずだ」

糸川が、森泉と松浦に市之介を紹介した。

「それは、頼もしい。心強い味方でござる」

森泉が言うと、松浦もうなずいた。

森泉は三十代半ば、面長で顎がとがっていた。武芸で鍛えた体ではないらしく、首が細く痩身ですこし猫背だった。

松浦は二十代後半、小太りだった。丸顔で赤ら顔である。こちらは、武芸の心得があるらしく、腰が据わり身辺に隙がなかった。

「お蔭で、傷も癒えた。明日からは、おれも探索にくわわるつもりだ」

糸川が言った。

「それはよかった」

森泉が言った。

「此度の件は、一筋縄ではいかないようだ。下手《へた》に動くと、こちらが皆殺しになる。……すでに、ふたりも殺られているのだ」

糸川が言うと、森泉と松浦がけわしい顔でうなずいた。

「それで、お互い、これまでに探ったことを出し合い、すこしでも早く敵の正体をつかみたいのだ」

「同感だな」

森泉が言った。

「まず、おれから話す」

糸川は、三人組に神田川沿いで襲われたことから話し、三人が腕の立つ武士であり、そのなかのひとりが横川晋兵衛らしいことを言い添えた。

「むろん、三人は辻斬りや追剝《おいは》ぎではない。おれたちの探索を阻止するために、命を狙ったのだ。高木も同じ理由で斬られたのだろう。……では、おれたちの探索を恐れているのはだれか」

糸川はそこで言葉を切り、三人に視線をまわした。

三人は黙したまま糸川に視線を集めている。

「おれたちが探っている多賀要蔵、茂木繁三郎、筒井屋あるじの徳兵衛のうちのだれか、あるいは三人とも同じ穴の貉《むじな》かもしれない」

糸川は多賀と茂木を呼び捨てにした。高木と佐々野を斬殺されたことで、憎しみを強くしたからであろう。

「おれも、そうみる」

と、森川。

「だが、多賀も茂木も、まだ手は出せん。確かな証がないからな」

「いかさま」

森泉と松浦がうなずいた。

糸川が森泉に訊いた。

「森泉、多賀から何か出てきたか」

「此度の件で、多賀が動いているのは、徳兵衛と料理屋で会っていることぐらいだ。……だが、筒井屋はお上の御用達《ごようたし》でもある。多賀が徳兵衛と会っていても、それを咎《とが》めることはできまい」

御納戸は、将軍の衣類や調度の出納《すいとう》をつかさどり、さらに将軍が幕臣に下賜《かし》する衣類も取り扱っている。役柄上、そうした衣類を取り扱う商人《あきんど》と会うこともあるはずだ、と森泉が言い添えた。

「もっともだな」

「だが、気になることもある。何人かの御納戸衆に探りを入れたのだが、多賀がちかいうちに御納戸頭に推挙されそうだとの噂があるのだ」

「なに、御納戸頭に！」

糸川が驚いたように声を大きくした。

御納戸頭の役高は七百石である。大変な出世だった。それに、多賀は四十がらみと聞いていた。これからも、さらに出世することが見込まれる。いずれ、幕閣にも昇りつめるのではあるまいか。

「何か、特別な手を使っているのかな」

市之介が声をはさんだ。上役への追従《ついしょう》、御納戸組頭の身分で支度できる盆暮れの付け届け、賄賂、そうした猟官《りょうかん》運動だけで、これほどとんとん拍子に出世できるとは思えなかった。

「おれも、多賀は何か手を打っているような気がする。御納戸衆の有馬さまが、殺されたのも、何か理由があるはずだ」

「有馬さまと多賀や茂木との間で、何か確執があったのではないか」

糸川が訊いた。

「そうかもしれん。……だが、いまのところ何もつかめていないのだ」

そう言って、森泉が膝先に視線を落とした。

次に口をひらく者がなく、いっとき座は沈黙につつまれていたが、

「松浦、筒井屋はどうだ」

と、糸川が訊いた。

「筒井屋は大奥へも出入りしている店だ。御納戸とは密接になって、当然だろうな。筒井屋から、多賀に金が流れているのは、まちがいないだろう。だが、多賀だけに大金が流れているとも思えんが……」

松浦が首をひねった。まだ、筒井屋と多賀のかかわりは、はっきりしていないようである。

「糸川、おぬしたちを襲った三人の武士から手繰《たぐ》る手もあると思うがな」

松浦が糸川に顔をむけて言った。

「むろんだ。すでに、三人のひとりが横川晋兵衛らしいことはつかんでいる。三人と多賀や茂木とのかかわりが分かれば、事件の筋もはっきりしてくるはずだ。そのためには、まず、三人の住処《すみか》をつかまねばならんな」

糸川が語気を強くして言った。

それからしばらく、四人で事件のことを話した後、

「ともかく、油断するなよ。おれたちの身辺にも、敵の目があると見た方がいい。隙を見せれば、襲ってくるぞ」

糸川が念を押すように言った。

「油断はすまい」

森泉が立ち上がると、松浦も腰を上げた。

ふたりが出て行った後、

「おれも、帰ろう」

そう言って、市之介も腰を上げた。これ以上とどまる理由はなかったのである。

戸口まで、糸川とおみつが見送りにきてくれた。市之介が振り返ったとき、おみつは切なそうな目をしたが、何も言わず、糸川の脇に立ってちいさく頭を下げただけである。糸川がそばにいては、話もできないのだ。

市之介は糸川家を出ると、御家人や小身の旗本屋敷のつづく御徒町の路地を歩いた。練塀小路近くにある自分の家へ帰るつもりだった。

まだ、七ツ（午後四時）ごろだったが、通りは夕暮れ時のように薄暗かった。厚

い雲で空がおおわれていたせいである。

市之介が、糸川家の戸口から一町ほど離れたとき、武家屋敷の板塀の陰からひとりの男が通りへ出てきた。町人だった。着物を裾高に尻っ端折りし、両脛《ずね》をあらわにしていた。遊び人ふうの格好である。

男は市之介の跡《あと》を尾《つ》けていく。

市之介は尾行者に気付いていなかった。背後を振り返って男の姿を目にしても、不審を抱かなかったかもしれない。それというのも、市之介の念頭にあった襲撃者たちは、武士である、横川たち三人だったからである。

市之介は練塀小路を横切り、自分の家のある路地へ出た。男はまだ尾けていた。物陰や通行人の陰に身を隠しながら巧《たく》みに尾けてくる。

市之介が自邸の木戸門をくぐると、男は路傍に足をとめ、

「やつの塒《ねぐら》は、ここかい」

と、つぶやくように言い、口元に薄笑いを浮かべた。
二十四、五歳であろうか、眼光がするどく肌の浅黒い剽悍《ひょうかん》そうな面構《つら》えの男だった。男は小走りに来た道を引き返していく。どうやら、男の尾行の狙いは市之介の住処を確かめることにあったらしい。

6

「旦那さま、この店ですぜ」

茂吉が縄暖簾を出した一膳めし屋の前で足をとめた。戸口の腰高障子《こしだか》に、亀屋《かめや》と書いてある。繁盛している店らしく、なかから客らしい男たちの濁声《だみごえ》や哄笑《こうしょう》が賑やかに聞こえてきた。

日本橋伊勢町《いせちょう》の入堀《いりぼり》沿いの通りだった。茂吉によると、筒井屋で下働きをしている弥助《やすけ》という男が、夕暮れ時に亀屋に来るという。

すでに、茂吉は弥助から話を聞き、筒井屋に御家人ふうの男が姿をみせ、番頭の島蔵《しまぞう》と何やら話していたことを聞き込んでいた。

その話を茂吉から聞いた市之介が、

「弥助から、くわしい話を聞きたい」

と言うと、

「旦那さまが亀屋に来てくだされば、弥助と会えるよう手配しやすぜ」

茂吉がそう言って、市之介を亀屋に連れてきたのである。

市之介は着古した小袖によれよれの袴姿で来ていた。一膳めし屋で、下働きの男と会うので、牢人ふうに身装《みなり》を変えてきたのだ。

店のなかは賑わっていたが、幸い隅の飯台があいていた。腰を下ろすと、小女が注文を訊きにきた。市之介は板壁に貼《は》られたお品書きを見ながら、適当に肴《さかな》と酒を頼んだ。

小女が酒肴を運んで来たので、銚子で茂吉の猪口《ちょこ》に酒をついでやりながら、

「弥助は、来るのか」

市之介は念を押すように訊いた。

「来やすよ。旦那さまにいただいた銭を渡しておきやしたんで、まちげえねえ」

茂吉が酒を受けながら言った。

市之介は、茂吉が筒井屋を探るにあたって、二分渡しておいたのだ。その金を使ったらしい。

「旦那さまも、一杯《いっぺえ》」

茂吉が目を細めて銚子を取った。

市之介が猪口の酒をかたむけていると、

「旦那さま、弥助だ」

茂吉が戸口に目をやりながら言った。

見ると、小柄な男が戸口に立って店内を見まわしている。

すぐに、男は茂吉と市之介に気付いたらしく、客のいる飯台の間をすり抜けて近付いてきた。

「弥助、ここに腰を下ろしてくれ」

茂吉が脇に置いてあった腰掛け代りの空《あ》き樽《だる》を指差した。

弥助は五十がらみ、赤ら顔で目が丸く、額に横皺がよっていた。猿のような顔をした男である。

「旦那、何かあっしに訊きてえことがあるそうで」

弥助は、上目遣いに市之介を見ながら言った。

「その前に、一杯やってくれ」

市之介は銚子を取った。

「ヘッヘヘ……。こりゃァすまねえ」

弥助は目を細めて猪口を取った。酒には目がないらしく、唇を舌で嘗《な》めまわしている。

市之介は弥助が猪口の酒を飲み干すのを待ってから、

「筒井屋に御家人ふうの男が来て、番頭と会っていたそうだな」

と、切り出した。

「へい、あっしは店先にいて、番頭さんがお侍を見送りに出るのを見やした」

弥助によると、その日はあるじの徳兵衛が出かけていたので、番頭の島蔵が会っていたという。

「武士の名は分かるかな」

「番頭さんは、坂本さまと呼んでやしたぜ」

島蔵が戸口まで送り出したとき、坂本さま、今日のお話はあるじに伝えておきますから、と口にしたのを弥助は聞いたという。

「坂本か……」

聞いた覚えのない名だった。

茂木家に仕える若党の坂本峰吉だった。糸川が聞けば、すぐに分かっただろうが、市之介はまだ坂本の名を聞いていなかったのだ。

「坂本という武士が、ひとりで来たのだな」

市之介が訊いた。

「へい、ひとりでした」

「そうか」

どうやら、供は連れていなかったらしい。それほどの身分ではないのだろう。

「坂本は、番頭と何を話したか分かるか」

市之介は、そこまでは分かるまいと思ったが、念のために訊いてみた。

「分からねえ」

弥助は首をひねった。

それから、半刻（一時間）ほど、市之介は弥助に酒を飲ませながら話を訊いたが、たいしたことは分からなかった。

番頭の島蔵が、夕方になるとときどき店を出て、だれかに会っているらしいことが分かっただけである。ただ、筒井屋は日本橋では名のある呉服屋の大店で、幕府の御用達であるだけでなく、出入りを許されている大名屋敷もあるはずだった。商談のために店を出ることがあっても不思議はない。

「また、話を訊かせてもらうかもしれんぞ」

市之介は、なかなか腰を上げようとしない弥助に酒代を一朱握らせて腰を上げた。

「だ、旦那、いつでも、声をかけてくだせえ」

弥助は熟柿のような顔をして言った。へべれけである。酒で赤くなった顔は、いっそう猿に似ていた。

「酔って、堀に嵌《は》まるなよ」

そう言い置いて、市之介は亀屋を出た。

外は満天の星だった。十六夜《いざよい》の月が皓々《こうこう》とかがやいている。五ツ（午後八時）ちかいのだろうか。それでも、入堀沿いの通りにはちらほら人影があった。堀沿いには飲み屋や小料理屋が多く、酔客、夜鷹そば屋、酌婦らしい女などが夜陰にまぎれて通り過ぎていく。

「旦那さま、遅くなりやしたね」

茂吉が歩きながら言った。

「なに、いい月夜だ。のんびり帰るさ」

市之介は、これから御徒町まで帰るつもりだった。

7

市之介と茂吉は、寝静まった日本橋の町筋を抜け、柳原通りへ出た。ひっそりと夜陰につつまれている。日中は賑わう通りだが、今は人影がなかった。神田川沿いの堤に植えられた柳が、蓬髪《ほうはつ》のような枝葉を伸ばしていた。

「やけに静かだ。辻斬りでも出そうですぜ」

茂吉が首をすくめながら通りに目をやった。

柳原通りは、夜鷹が客の袖を引くことやときおり辻斬りがあらわれることで知られていた。

「……だ、旦那さま、後ろからだれか来やす！」

茂吉が震えを帯びた声で言った。

「そのようだな」

市之介も気付いていた。一町ほど後ろに人影があったのだ。市之介たちと同じ方向に歩いてくる。

「つ、辻斬りじゃァねえでしょうね」

「ちがうな。……町人のようだ」

夜陰につつまれてはっきりしないが、市之介は背後の男が刀を帯びてないことは見てとっていた。

「案ずることはない。夜鷹でも漁《あさ》りにきた浮かれ男《お》だろうよ」

それに、相手はひとりだった。市之介たちを狙っていたとしても、恐れることはないと思ったのである。

市之介と茂吉は神田川にかかる和泉橋を渡った。市之介の屋敷のある御徒町は橋を渡った先である。

「旦那さま、まだ尾けてきやすぜ」

茂吉が後ろを振り返りながら言った。

「うむ……」

市之介は、おれたちを狙っているのかもしれない、と思った。

背後から来る男との距離は、半町ほどに縮《ちぢ》まっていた。和泉橋を渡るとき、月光に浮かび上がった男の身辺には、獲物を追う野犬のような雰囲気があったのである。男は黒の半纏《はんてん》に黒股引《ももひき》姿だった。痩身で、いかにも敏捷そうである。手ぬぐいで頬っかむりして顔を隠していた。

市之介たちが和泉橋を渡り、川沿いの道を歩き始めてすぐだった。

「旦那さま、前にもいる!」

茂吉が声を上げた。

川岸の柳の樹陰から人影が通りに出てきた。淡い月光に、二刀を帯びた武士の姿が浮かび上がった。距離は半町ほど。武士はゆっくりとした足取りで歩いてくる。

大柄な武士だった。小袖に袴姿である。

……横川か！

市之介の脳裏に糸川たちを襲った横川たちのことがよぎった。そういえば、糸川たちが襲われたのもこの辺りである。

「ひとりか」

市之介は通りの背後に目をやった。糸川たちを襲ったのは、三人だと聞いていた。

「だ、旦那さま、後ろからも！」

茂吉が声を震わせて言った。

見ると、ふたりの武士が足早に近付いてくる。ひとりは中背で痩身だった。もうひとりはずんぐりした体軀である。

……横川たち三人だ！

まちがいなかった。市之介たちを待ち伏せていたようだ。

「茂吉、逃げろ！」

敵が三人では、勝ち目はなかった。それに、横雲を遣う手練もいる。市之介は、逃げるしか助かる手はないと思った。

「に、逃げるって、どこへ逃げりゃァいいんです」

茂吉が、恐怖に顔をゆがめて言った。体が震えている。

「川だ！」

糸川たちも、突破して三人から逃げようとしたはずだ。だが、佐々野は斬られて落命してしまった。茂吉とふたりで突破はできないだろう。

「か、川ですかい」

「そうだ、土手を駆け下りて川下へ逃げろ。和泉橋の先に桟橋がある。その舟を使うんだ」

市之介は、和泉橋の一町ほど川下に桟橋があり、そこに猪牙舟が舫《もや》ってあるのを知っていた。

「ま、間に合わねえ。やつらが来た！」

前方から、横川と思われる大柄な男が目の前に迫ってきた。背後からのふたりも、近付いてくる。

「おれが食いとめる。茂吉、行け！」

市之介が怒鳴った。

「へ、へい」

茂吉が急斜面の土手を下り始めた。

市之介は川岸に立って抜刀した。ここで、三人の武士の足をとめるのである。

背後で、ゴソゴソと芒や葦を分ける音が聞こえた。茂吉は川へ向かって草藪《くさやぶ》を掻き分けていくようだ。

大柄な男は、市之介と四間（約七・二メートル）ほどの間合を取って足をとめた。月光に男の顔が浮かび上がった。眉の濃い、目のギョロリとした男だった。肩幅がひろく、胸が厚かった。腰の据わった頑強そうな体だった。体中を武芸で鍛えた鋼《はがね》のような筋肉がおおっている。この男が横川であろう。

背後からきたふたりの武士は、市之介の左右にまわり込んできた。ただ、間合をすこし取っている。この場は、大柄な男にまかせるつもりのようだ。

「ひとり、川へ逃げたぞ」

左手に立った中背の武士が言った。

「捨ておけ。中間だろう」

大柄な武士が低い声で言った。市之介を見すえた双眸《そうぼう》が、底びかりしていた。藪のなかに隠れて、獲物が近付いてくるのを待っている猛獣のようである。

「いくぞ！」

市之介は青眼に構えた。

「おお！」

声を上げざま、大柄な武士が抜刀した。

大柄な武士は切っ先を市之介にむけて間合を確認し、すぐに刀身を背後に引いて腰を沈めた。脇構えである。

……横雲か！

市之介は、横雲の構えだと見て取った。

切っ先を背後にむけた横川の刀身が月光を反射《はね》て、銀蛇《ぎんだ》のようにひかっている。

8

「横川晋兵衛か」

市之介が誰何《すいか》した。

一瞬、武士の顔に驚いたような表情が浮き、わずかに刀身が揺れた。動揺したらしい。

だが、すぐに表情を消し、

「おれを知っているのか」

と、くぐもった声で訊いた。

やはり、横川である。あえて、隠す気はないようである。

「うぬの剣が、横雲であることもな」

言いざま、市之介は切っ先を横川の目線につけた。

ピタリと切っ先が横川の目線につけられている。尋常の者なら、そのまま切っ先が迫ってくるような威圧を感じて身が竦むはずだが、横川は表情も変えなかった。

「ならば、横雲の剣を受けてみろ」

横川はそう言って、口元に薄笑いを浮かべた。

ふたりの間合はおよそ四間。横川がわずかに腰を沈めたまま足裏で地面を擦《す》るようにして、間合をつめ始めた。

……できる！

市之介は異様な威圧を感じた。下から突き上げてくるような威圧である。

市之介の剣尖《けんせん》が揺れ、腰が浮き上がるような感覚にとらわれた。市之介は全身に気魄《きはく》を込め、横川の威圧に耐えている。

横川は、ジリジリと間合をつめてきた。一足一刀の間境《まざかい》まで、あと二尺（約六十センチ）ほどである。しだいに、横川の大柄な体が目の前に迫り、市之介の目に横川の体が膨《ふく》れ上がったように見えた。

市之介は己《おのれ》の身が竦んでいるのを感じた。まさに、蛇に睨《にら》まれた蛙のように敵の威圧に呑《の》まれている。

……このままでは、やられる！

と、市之介は察知した。

イヤアッ！

突如、市之介は大気を劈《つんざ》くような気合を発し、斬り込む気配を見せた。

横川の構えは変わらなかったが、背後に引いた刀身がわずかに揺れ、月光を反射《はね》て青白くひかった。市之介の斬撃の気配に、横川の気が乱れたのである。

この横川の気の乱れを、市之介がとらえた。

鋭い気合を発し、踏み込みざま斬り込んだ。

青眼から真っ向へ。迅雷《じんらい》の斬撃である。

瞬間、横川の体が躍動し、腰元から閃光《せんこう》がはしった。脇構えから、逆袈裟に斬り上げたのだ。

真っ向と逆袈裟。

二筋の閃光が稲妻のようにはしり、ふたりの眼前で合致した。

キーン、という甲高い金属音がひびき、青火が散り、金気《かねけ》が流れた。

次の瞬間、ふたりの刀身が上下にはじかれた。

間髪《かんはつ》をいれず、横川が二の太刀をはなった。

迅《はや》い！

刀身を返しざま横一文字に。まさに、神速の連続技である。

横雲の二の太刀だった。

市之介の目に、横にはしる光芒《こうぼう》が一瞬見えただけである。

だが、市之介の反応も迅かった。背後に跳びざま、咄嗟に上体を後ろに倒したのだ。

間一髪、横川の切っ先は市之介の肩先をわずかにとらえて横に流れた。着物の肩先が裂けただけで、肌にはとどかなかった。

市之介は体勢をくずしてよろめいた。後ろに跳びざま上体を倒したので、体の均衡をくずしたのだ。

すかさず、横川が身を寄せてきた。すばやい寄り身である。

市之介は体勢をたてなおさなかった。身を起こせば、横川の斬撃をあびると察知したのだ。市之介は、身を投げ出すように横に転倒した。

市之介の体は、土手の急斜面を転がった。ザザッ、と雑草を倒す音があたりにひびいた。市之介の体や首筋に丈《たけ》の高い芒や葦がからまったが、斜面が急だったので、川の水際まで転がり落ちた。

「逃さぬ！」

横川が急斜面を滑り下りてきた。

市之介は身を起こすと、岸辺に群生した葦のなかに飛び込み、バサバサと両手で葦を掻き分け、足で薙《な》ぎ払いながら浅瀬へ踏み込んだ。ここは逃げの一手である。

背後で、草藪を掻き分ける音が聞こえた。横川が執拗に追ってくるようだ。

バシャバシャと水音をたて、市之介は神田川の流れのなかに走り込んだ。すぐに、水嵩《みずかさ》が膝、太股、腰、と深くなり、流れの水圧も増してきた。

そこまで来て、市之介は背後を振り返って見た。

横川は土手の斜面を這《は》い上がっていた。

「川下へ、まわれ！」

横川が川岸に立っているふたりに怒鳴った。

まだ、諦めないようだ。なんとか、市之介を仕留めようと、川岸を追ってくるつもりらしい。

市之介は水深が胸辺りまで来ると、川の流れに乗って飛び跳ねるように川底を蹴りながら川下へむかった。

和泉橋をくぐると、川下の右手に桟橋が見えてきた。月光のなかに、かすかに舫ってある猪牙舟の輪郭が見えた。

……茂吉がいる！

舟の艫《とも》に立っている人影が見えた。茂吉が、すぐに舟を出せるように棹《さお》を手にして待っている。

市之介は川底を歩き、水の流れに逆らいながら桟橋に近付いた。通りに目をやると、まだ、横川たちの姿はなかった。

「だ、旦那さま、ここでさァ」

茂吉が、川のなかに市之介の姿を見つけたらしく手を振っている。

市之介が船縁《ふなべり》に飛び付くと、茂吉が市之介の体を船底に引き摺《ず》り上げた。

「茂吉、舟を出せ。やつらが、追ってくるぞ」

市之介が船底から声を上げた。

「へい」

茂吉は慌てて艫にもどり、棹を手にすると、舟を桟橋から離した。

すぐに、舟は神田川を下り始めた。横川たちの姿は、まだ見えなかった。

……逃げられたようだ。

市之介は、ふたたび船底に仰向けになった。全身濡れ鼠で、体は綿のように疲れていた。

上空は降るような星空だった。星空のなかを、市之介と茂吉を乗せた舟はすべるように神田川を下っていく。

第三章　筒井屋

1

市之介は真剣を青眼に構えていた。切っ先を脳裏に描いた横川の目線につけている。一方、横川は脇構えに取り、わずかに腰を沈めていた。

ふたりは、およそ四間の間合を取って睨み合っていた。

市之介の屋敷の庭だった。

横川に神田川沿いの通りで襲われ、三日経っていた。市之介は、横川の横雲を何とか破る手はないかと思い、脳裏に横川の横雲の剣を思い描きながら剣の工夫をしていたのである。

……このままでは、横雲はかわせぬ。

と、市之介は思った。

横川の脇構えから斬り上げる初太刀。刀身を返しざま横一文字にふるう二の太刀。特に、連続してくりだされる二の太刀は神速で、市之介にも太刀筋が見えなかった。一瞬、刀身の光芒が見えただけである。その光芒は、眼底の残像なのであろう。まさに、陽に照らされた一筋の雲のように市之介の意識の底に残っていた。

……勝負は初太刀だ。

市之介は、横川が横雲を放つ間合で、初太刀をふるわれたらかわせないだろうと思った。咄嗟に、身を倒せばかわせるだろうが、いつも土手を転がって川へ逃げるようなことはできないはずだ。

……八相に構えてみるか。

横川との間合を遠くとるためである。

市之介は八相に構えた。刀身を垂直に立て、切っ先で天空を突くように高く構えた。構えを大きくして、相手を遠ざけるのである。

脳裏に描いた横川との間合がすこし遠ざかった。

だが、八相も横雲の剣に対して、効果的な構えとは思えなかった。両腕を上げるために胴があくのだ。

おそらく、横川は右手に跳びながら、初太刀で脇腹を払うように斬り上げてくるだろう。

……駄目だな。

と、市之介は思った。

脳裏に描いた横川に、胴を払われるような気がした。

市之介が八相の構えをくずしたとき、障子のあく音がし、縁先に佳乃が顔を出した。

「兄上」

佳乃が縁先から声をかけた。

「どうした？」

「糸川さまが、お見えです」

「何の用かな」

糸川の来意が分からなかった。

「わたしには、分かりません」

「ともかく、縁先に通してくれ」

市之介は、刀を鞘《さや》に納めた。

縁先の方が気分よく話せると思ったのだ。それに、市之介の顔や首筋を汗がつたっていた。とても、狭い座敷で話す気にはなれなかったのである。

市之介が、縁先に腰を下ろして、手ぬぐいで汗をぬぐっていると、糸川が姿を見せた。佳乃に言われて、戸口から庭にまわったらしい。

「青井、剣術の稽古をしてたそうだな」

糸川は、汗を拭いている市之介に目をやりながら言った。おそらく、佳乃は、市之介が庭で剣術の稽古をしていることを話したのだろう。

「ああ、久し振りで汗をかいたよ」

市之介は、糸川が縁先に腰を下ろすのを待ってから、

「何の用だ」

と、訊いた。

「おぬしが、襲われて危うく命を落とすところだったと聞いてな。様子を見に来たのだ」

糸川が市之介の顔を覗きながら、その顔の傷は、そのときのものか、と言い添えた。

「そうだ」

市之介の顔には、擦り傷や引っ掻き傷があった。神田川の土手の急斜面を転がり、群生した葦《あし》のなかを掻き分けて逃れたとき、地面で擦ったり、葦や芒《すすき》の葉で顔を傷付けたりしたのだ。まだ、ヒリヒリしたが、放っておいてもなんのことはないかすり傷である。

「相手は、横川たちか」

糸川が訊いた。

「おぬしたちを襲った横川たち三人に、まちがいない。それに、町人もひとりいた」

市之介は、和泉橋のたもとちかくで、三人の武士に待ち伏せにあったことなどを話した。

「敵は、おれたちのことを尾けまわしているようだな」

糸川がけわしい顔をして言った。

そのとき、障子があいて佳乃が茶を運んできた。

佳乃は縁側に腰を下ろした市之介と糸川の膝の脇に湯飲みを置くと、

「いい陽気でございますねえ」

と大人びた物言いをして、市之介の背後に膝を折った。ふたりの話に、くわわるつもりらしい。

「佳乃、男同士の大事な話でな。遠慮してくれ」

市之介が、小声で言った。佳乃を前にして、できるような話ではなかったのだ。

「わ、わたし、他に何かご用があるかと……」

佳乃が顔を赤らめて立ち上がり、兄上、ご用があったら、声をかけてくださいね、と言い残して、そそくさとその場から立ち去った。いつもこんな調子である。

「まったく、十五にもなって、まだ子供なんだから」

市之介があきれたような顔をして言った。

「おみつも同じだよ」

糸川が笑みを浮かべて、湯飲みに手を伸ばした。

ふたりは茶を飲みながら、いっとき庭の緑陰のなかを渡る風に吹かれていたが、

「おぬしらはどうだ。何か分かったか」

と、市之介が訊いた。

「茂木に仕《つか》える若党の坂本峰吉と多賀家の若党の菊山林太郎という男が、柳橋の料理屋でときおり会っているらしいのだ」

糸川が言った。

「なに、坂本だと」

思わず、市之介の声が大きくなった。

坂本の名は、弥助から聞いたばかりだった。筒井屋を訪ねて番頭の島蔵と会った男である。

「坂本を知っているのか」

「筒井屋の下働きの男から、坂本の名が出たのだ」

市之介は、弥助から聞いた話をかいつまんで話してやった。

「坂本は筒井屋とも接触していたのか。おそらく、茂木の指図で動いているのだろうな」

糸川が言った。

「どうやら、多賀も茂木も本人たちはあまり表に出ず、若党や用人たちが動いているようだ」

市之介は当然だろうと思った。御納戸組頭や御納戸衆が、呉服屋へ出かけたり料理屋で頻繁に密会していたら疑念を抱かれるだろう。その点、家士なら見咎められずに動けるはずである。

「いずれにしろ、もうすこし探ってみるよ」

そう言って、糸川は湯飲みをかたむけた。

「なァ、糸川」

市之介が、声をあらためて言った。

「なんだ？」

「探索もいいが、これでは敵が襲ってくるのを待っているようなものだぞ」

「おぬしの言うとおりだ」

糸川の顔に渋い表情が浮いた。

無理もない。すでに、御納戸衆の有馬と御小人目付の高木と佐々野が斬殺されている。くわえて、糸川が手傷を負い、市之介までが襲われたのだ。

「どうだ、ここらで攻勢に出たら」

市之介が言った。

「攻勢とは？」

「ひとり捕らえ、口を割らせるのだ」

市之介は、筒井屋の番頭の島蔵、茂木家の若党の坂本、多賀家の若党の菊山のうちのひとりを捕らえ、吐かせる手もあると思ったのだ。番頭や若党など、それほど問題にならないだろう。

「だが、まだ、捕らえるだけの証は何もつかんでいないのだ」

糸川は苦渋の色を浮かべた。

「おれがやろう」

「青井がか」

「そうだ。おまえには御徒目付という役柄があるが、おれは非役だ。上役もいないし、配下もいない。おまけにやることはなにもない。家禄は得ているが、牢人のようなものだ。……気楽でいいがな」

市之介が苦笑いを浮かべて言った。

「うむ……」

「伯父上の顔をつぶさぬようにやれば、文句はあるまい」

「それで、だれを捕らえる」

糸川が訊いた。

「坂本だな」

市之介は、坂本なら横川たち三人組のことも筒井屋との関係も分かるのではないかと思ったのだ。

「いいだろう。坂本を捕らえよう。おれが、手筈《てはず》をととのえる」

糸川が顔をけわしくして言った。

2

茂吉は黒田屋《くろだや》という太物問屋の土蔵の陰にいた。そこから、斜向かいにある筒井屋の店先に目を配っていたのである。

茂吉は市之介に、筒井屋のあるじや番頭が店を出たら行き先をつきとめるよう頼まれていたのだ。もっとも、一日中見張るわけではない。店を出てどこかで密談を持つとすれば、店仕舞いする暮れ六ツ（午後六時）ちかくであろうと見当をつけ、陽が沈みかけてから一刻（二時間）ほどだけ、この場に来て店先に目をやっていたのだ。

茂吉は手ぬぐいで頬っかむりし、黒の半纏に黒股引姿だった。職人か大工のような格好である。横川たちに襲われるかもしれないと思い、身装《みなり》を変えたのである。

茂吉がこの場で見張りをつづけて三日目だった。茂吉の見張り中は、あるじの徳兵衛も番頭の島蔵も店から出てこなかった。

今日も、陽は西の家並のむこうに沈みかけていた。そろそろ暮れ六ツであろう。

……今日も、無駄骨かい。

茂吉は渋い顔をしてつぶやいた。

それからいっときして、石町《こくちょう》の鐘が鳴った。暮れ六ツである。その鐘の音が合図でもあるかのように、表通りの大店が店仕舞いを始めた。大戸をしめる音が、あちこちから聞こえてくる。

筒井屋も丁稚《でっち》が店先に出て、大戸をしめ始めた。そのときだった。店の隅から、番頭の島蔵が出てきた。手代らしき男をひとり連れている。手代は二十二、三歳と思われる色白で、面長の男だった。

……出かけるようだぜ！

茂吉は目をひからせた。

島蔵と手代らしき男は表通りへ出ると、日本橋の方へむかった。

茂吉は土蔵の陰から通りへ出た。島蔵たちの跡を尾《つ》けるのである。

表通りは、まだ通行人が多かった。仕事帰りの職人、ぼてふり、風呂敷包みを背負った行商人、駕籠《かご》かき、供連れの武士などが、迫り来る夕闇にせかされるように足早に行き交っている。

茂吉は島蔵たちの跡を尾けた。尾行といっても、特別なことをする必要はなかった。島蔵たちの後ろ姿を見ながら、歩いていけばいいのである。人通りがあったので、島蔵たちが振り返って茂吉の姿を目にしても不審はいだかないだろう。

島蔵たちは日本橋のたもとまで来ると、左手にまがった。日本橋川沿いの道を川下にむかって歩いていく。

魚河岸を通り抜け、入堀にかかる荒布橋《あらめばし》を渡って小網町《こあみちょう》へ出た。そして、日本橋川沿いの道を一町ほど歩き、川沿いにあった料理屋に入った。

茂吉は店の戸口まで行ってみた。戸口は格子戸で、脇につつじの植え込みがあり、ちいさな石灯籠《いしどうろう》が置いてあった。老舗《しにせ》らしい落ち着いた感じのする店である。

戸口の脇に掛け行灯《あんどん》があり「つたや」と記されていた。

……このまま帰るのもしゃくだな。

と茂吉は思い、日本橋川の川岸に植えられた柳の樹陰に身を隠した。しばらく、様子を見ようと思ったのである。

すでに、陽は沈み、辺りは淡い暮色につつまれていた。日本橋川沿いの道は、まだぽつぽつと人影があったが、通り沿いの店は店仕舞いし、ひっそりとしていた。

足元から、日本橋川の汀《みぎわ》に寄せる波の音が絶え間なく聞こえていた。日本橋川沿いに魚河岸や米河岸などがあることから、ふだんは荷を積んだ猪牙舟や艀《はしけ》などが、さかんに行き来しているのだが、いまは船影もなく、黒ずんだ川面が無数の波の起伏を刻みながら広漠《こうばく》とつづいている。

茂吉が、その場に身をひそめて小半刻（三十分）ほどしたときだった。

御家人ふうの武士がふたり、つたやの前で足をとめ、通りの左右に目をやってから店内に入った。

……あいつら、島蔵と会ってるのかもしれねえ。

と、茂吉は思った。

それから、さらに小半刻ほどして、茂吉は樹陰から通りへ出た。これ以上、つたやの店先を見張っても仕方がないと思ったのである。

翌日、茂吉はことの次第《しだい》を市之介に話した。

「小網町のつたやか」

市之介は意外な気がした。筒井屋の者が多賀や茂木とかかわる者たちと密談を持つのは、柳橋の福田屋と思っていたからだ。あるいは、室町から近いつたやも密談場所に使われているのかもしれない。そういえば、おとせから、まだ何の連絡もなかった。

「つたやで、島蔵はふたりの武士と会ったのかもしれんな」

市之介が声をあらためて言った。

「あっしも、そうみやしたぜ」

「ふたりの武士だが、何者か分かるか」

「そこまでは、分からねえ」

茂吉は首をひねった。

「店で訊いてみるか」

「つたやで？」

「そうだ」

店の者に訊けば、はたして島蔵はふたりの武士に会ったのか、ふたりの武士は何者なのか、簡単に分かるだろうと市之介は踏んだのだ。

「行きやしょう」

茂吉も乗り気になった。

ふたりは、御徒町の屋敷を出た。八ツ（午後二時）過ぎだった。陽は頭上ちかくにある。ふたりは、日本橋通りへ入ったところで、そば屋をみつけ、腹ごしらえをしてから小網町にむかった。

茂吉がつたやの前で足をとめ、

「旦那さま、この店でさァ」

と、指差した。

すでに、暖簾が出ていたが、まだ客はないらしく店内は静かだった。

「店に入って、一杯飲むか」

「旦那さま、話を訊きに来たんじゃァねえんですかい」

茂吉が驚いたような顔をした。

「飲みながら訊くのだ」

市之介は、店先で訊いてもまともには答えてくれないだろうと思ったのだ。

「飲むのが嫌なら、おれひとりでもかまわんぞ」

「と、とんでもねえ、お供しやすよ」

茂吉が慌てて跟《つ》いてきた。

3

市之介と茂吉が、女将に案内されて腰を落ち着けたのは一階の奥まった座敷だった。おそらく、馴染みではない小人数の客の座敷であろう。二階とちがって、障子をあけても日本橋川の眺めは見えないはずである。

まだ、客がいないせいもあってか、店内はひっそりとしていた。

「おひとつ、どうぞ」

酒肴の膳が運ばれると、女将が銚子を取って市之介に酒をついでくれた。他の客がいないので、一見《いちげん》客の市之介の座敷にも女将が顔を出してくれたのだろう。市之介にとっては、好都合だった。女将なら、島蔵がいっしょに飲んだであろう相手のことも知っているはずである。

「女将、名は何というな」

市之介は、身分のある武士らしい物言いで訊いた。

「おしんでございます」

おしんは、色白のほっそりした年増だった。

「おれの名は、向井新八郎《むかいしんぱちろう》。旗本だ」

市之介は適当な偽名を口にした。旗本らしい身装《みなり》で来ていたので、信用するはずである。

茂吉は脇で、殊勝な顔をして飲んでいる。

おしんには、茂吉は下働きの者だが、長年身を粉にして奉公してくれたので、褒《ほう》美《び》のために馳走《ちそう》してやるのだと話しておいた。

「さようでございますか」

おしんは銚子で、市之介の杯につぎながら笑みを浮かべた。半信半疑らしかったが、それ以上は訊かなかった。おしんは、茂吉のことなど関心はなかったのだろう。

「ところで、昨夜、この店に坂本たちが来たな」

市之介が、坂本の名を出して訊いた。ふたりの武士のうち、ひとりは坂本と睨んだのである。

「ええ、みえましたけど。……向井さまは、坂本さまとお知り合いでございますか」

おしんが訊いた。

市之介が見込んだとおり、ひとりは坂本である。

「まァ、そうだ。実はな、おれも昨夜、ここへ来ることになっていたのだが、所用でな、来られなくなってしまったのだ」

市之介がもっともらしく言った。

「まァ、そうでしたか」

おしんが、驚いたような顔をした。

「坂本たちは、筒井屋の島蔵と会ったはずだが」

市之介は島蔵の名も出した。

「ええ、四人のお席でした」

おしんは、市之介の話をすっかり信用したようだ。無理もない。市之介の方から、坂本や島蔵の名を出したのだから。

「坂本といっしょに来たのは、茂木どのかな」

市之介は、茂木の名も出した。

「いえ、菊山さまですよ」

「菊山か。多賀さまのご家臣だな。……それで、多賀さまもこの店にみえることがあるのか」

市之介が訊いた。

「いえ、多賀さまがみえられたのは、一度だけです。半年ほど前でしょうか」

「そうだろうな。多賀さまは、お忙しいお方だからな。それで、昨夜の話はうまくいったよううか」

市之介がそれとなく訊いた。

「わたし、どんな話をされたか存じませんが」

おしんは語尾を濁した。客の話を洩《も》らしたくないのであろう。

「まァ、なごやかに話は進んだのであろう」

「……それが、ちょっとした諍《いさか》いがあったようでございますよ」

おしんが顔を曇らせた。

「諍いがあったのか」

市之介は驚いたような顔をした。

「でも、よくあることでございますよ。談合に熱が入ってきますとね。どうしても、声が大きくなるものですから」

おしんは慌てた様子でごまかした。くわしいことは話さない方がいいと思ったのであろう。

……なごやかな宴席ではなかったらしい。

と、市之介は思った。

筒井屋と坂本たちの間で、揉め事があったようだ。

「さ、向井さま、もう一杯」

おしんは、銚子を取って市之介の杯に酒をつぐと、

「ゆっくりやってくださいまし」

と言って腰を上げ、そそくさと座敷から出ていった。初めての客に、長居し過ぎたと思ったのかもしれない。

それから、いっときすると、店のなかが急に賑やかになった。一階の座敷に、何人かの客が入ったらしい。男の濁声や哄笑、女中の嬌声などが聞こえてきた。

市之介たちの座敷には、お松《まつ》という座敷女中が来たが、お松は島蔵や坂本たちのことはまったく知らなかった。半月ほど前に、つたやに勤めるようになったばかりだという。

半刻（一時間）ほどして、市之介たちは腰を上げた。これ以上、ねばっていても何の情報も得られないと思ったのである。

店の外に出ると、西陽が射していた。まだ、暮れ六ツ前らしい。日本橋川沿いの通りには、通行人が行き交っていた。

「旦那さま、どうしやす」

茂吉が訊いた。

「今日のところは、帰ろう」

筒井屋の番頭の島蔵が坂本と菊山に会っていたことが分かっただけでも、来た甲斐《かい》があった。それに、島蔵と坂本たちの間で何か確執があるらしいことも分かったのだ。筒井屋と多賀の間にも、何か溝があるとみていいのかもしれない。

市之介と茂吉は、日本橋川沿いの道を足早に歩いた。淡い蜜柑《みかん》色の夕陽がふたりをつつんでいる。

4

「そろそろ出てきてもいいころだな」

糸川が、茂木繁三郎の屋敷の長屋門に目をやりながら言った。

下谷長者町に茂木の屋敷はあった。茂木家は二百石と聞いていたが、石高に相応《ふさわ》しい門構えである。

茂木の屋敷と斜向かいにある武家屋敷の板塀の陰に、市之介、糸川、それに佐々野彦次郎《ひこじろう》という男がいた。彦次郎は斬殺された佐々野宗助の弟である。

彦次郎はまだ十七歳だった。長身で、端整な顔立ちの若侍でまだ少年らしさを残していたが、その顔を悲愴な翳《かげ》がおおっていた。兄であり、佐々野家の当主だった宗助が横川に斬殺されたためである。

彦次郎がこの場にいるのは、それなりのわけがあった。

市之介と糸川は、坂本を捕らえて吟味することにしていたが、坂本を監禁しておく場所がなかった。そうしたおり、殺された佐々野の弟の彦次郎が糸川家にあらわれ、兄の無念を晴らしたいので、探索を手伝わせてほしいと訴えたのだ。その話のとき、坂本を捕縛したいが監禁場所がなくて困っていることを糸川が口にすると、

「わたしの家には、古い納屋《なや》があります。そこを使ってください」

と、彦次郎が言い出したのだ。

彦次郎によると、納屋といっても土蔵のような造りで、多少声を出しても外からは聞こえないという。それに、坂本が兄を斬殺した仲間なら、坂本を監禁して拷訊《ごうじん》したことが公儀に知れても、兄の敵を討つためにしたことだと言い逃れできるというのだ。

「ならば、佐々野家の納屋を借りよう」

ということになったのである。

「屋敷を出るのは、暮れ六ツごろなのだな」

市之介が訊いた。

「用事がなければ、陽が沈むころ屋敷を出るはずだ」

糸川によると、森泉と松浦の手も借りて、多賀と茂木の屋敷を見張り、ふたりの動向と家士である坂本、菊山、室山などの動きを探ったという。

糸川たちも坂本と菊山が、つたやへ出かけたことをつかんでいた。ただ、坂本と菊山が、筒井屋の島蔵と会ったことや宴席で揉めたらしいことまでは知らなかった。

また、坂本の住処《すみか》もつきとめていた。坂本は神田花房町《はなぶさちょう》の借家に妻とふたりで住んでいるそうだ。妻といっても町人で、近所の住人の話では、飲み屋の酌婦だったらしいという。

「今日は、帰らないつもりかな」

市之介は、頭上を見上げた。

すでに、暮れ六ツの鐘が鳴っていっとき過ぎていた。西の空には残照がひろがっていたが、上空は藍色《あいいろ》を帯びて星のまたたきも見られた。

「青井、来たぞ」

糸川が声を殺して言った。

茂木家の門に目をやると、脇のくぐりから羽織袴姿の武士が姿を見せた。

「やつか、坂本は」

市之介が訊いた。

「そうだ」

「うむ……」

市之介は初めて見る男だった。三十がらみ、中背で小太りである。丸顔で、目が細い。横川たちといっしょにいたふたりの武士とは、ちがう男である。

坂本は武家屋敷のつづく路地を花房町の方へむかって歩いていく。どうやら、自分の家へ帰るようである。

「手筈どおり、花房町で待ち伏せよう」

市之介が言った。

「そうしてくれ、おれは念のためにやつの跡を尾ける」

「承知した」

市之介が板塀の陰から出ると、彦次郎がつづいた。

市之介たちは、小走りに坂本とは別の路地をたどって花房町にむかった。先まわりするのである。

市之介たちは花房町に入って間もなく、糸川から聞いていた坂本の住む借家につづく路傍の樹陰に身を隠した。一抱えもある太い欅《けやき》で、その幹の陰にまわると、通りからは姿が見えなくなるのだ。

「青井さま、来ました」

彦次郎が声を殺して言った。

通りの先に、坂本の姿が見えた。ゆっくりした歩調で、こちらに歩いてくる。坂本の後方に、跡を尾けてきた糸川の姿も見えた。

すでに路地は夕闇につつまれ、路地沿いの店は表戸をしめていた。通りかかる人影もなく、ひっそりとしている。

「騒がれては面倒だ。おれが、峰打《みねう》ちで仕留めるから、佐々野は後ろから来てくれ」

坂本を取り押さえるのは、峰打ちがいいだろう、と踏んでいたのだ。

「はい」

彦次郎は、けわしい顔でうなずいた。多少、剣の心得はあるようだが、遣い手ではないようだ。

坂本が十間ほどに近付いたとき、市之介は通りへ出た。

坂本はすぐに気付かなかったようだが、市之介が小走りに迫ると、ギョッとしたように立ち竦んだ。

市之介は抜刀しざま、疾走した。八相に構えた刀身が、夕闇のなかをすべるように坂本に迫っていく。

「うぬは、青井!」

坂本がひき攣《つ》ったような声で叫び、反転して逃げようとした。

かまわず、市之介は疾走した。

ふいに、坂本の足がとまった。前から駆け寄ってくる黒布で頬かむりした糸川の姿を見たのである。

「おのれ!」

叫びざま、坂本が抜刀した。

坂本は、背後から急迫してきた市之介に立ち向かおうとしてきびすを返した。

イヤアッ!

市之介は鋭い気合を発し、坂本との斬撃の間に一気に迫った。

坂本が目をつり上げ、喉の裂けるような気合を発して斬り込んできた。

刀身を振り上げざま、真っ向へ。

だが、坂本の切っ先は空《くう》を切って流れた。斬撃の間からは、一歩以上遠かったのである。坂本は恐怖に駆られて、切っ先のとどかない遠間《とおま》から斬り込んだのだ。

すかさず、市之介が八相から刀身を峰に返し、坂本の胴を払った。一瞬の太刀捌《さば》きである。

ドスッ、というにぶい音がし、刀身が坂本の腹に食い込んだ。

坂本は上体を折るように前に倒し、獣《けもの》の唸《うな》るような声を上げた。そして、たたらを踏むように前に泳ぎ、がっくりと両膝を地面に付いてうずくまった。苦しそうに低い呻き声を上げている。

そこへ、糸川と彦次郎が駆け寄ってきた。

「みごとだな、青井」

糸川が感心したように言った。

「早く坂本を連れて行こう。多賀たちとかかわりのある者に見咎められると面倒だぞ」

「いかさま」

市之介たち三人は、すばやく坂本の両腕を後ろに取って縛り、猿轡《さるぐつわ》をかませた。

そして、市之介と彦次郎が坂本の両腕を取って立たせ、ふたりで坂本を挟むようにして歩きだした。

幸い、路地は夕闇につつまれていた。人影もない。それに、彦次郎の家は花房町からそれほど遠くない神田相生町《あいおいちょう》にあった。坂本を彦次郎の家の納屋に連れ込むとに、それほど手間はかからないはずである。

5

納屋の隅に燭台《しょくだい》が立てられ、四人の男が深い闇のなかに浮かび上がっていた。市之介、糸川、彦次郎、それに捕らえてきた坂本である。

糸川だけは、黒布で頬っかむりして顔を隠していた。万一、坂本が逃走しても、捕縛者のなかに糸川がくわわっていたことを多賀に知られないよう用心したのである。

納屋は粗壁《あらかべ》だった。明り取りの窓もない密閉された建物だった。だいぶ古いらしく、床板の根太《ねだ》が落ち、床板が所々剝《は》げていた。黴臭《かびくさ》く、床板には埃が積もっている。隅の方に古い家具や長持《ながもち》などが積まれていたが、ちかごろ手を付けてないらしく、蜘蛛の巣が埃をかぶっていた。

「坂本、ここなら泣こうが喚こうが、外には聞こえないぞ」

市之介が言った。

燭台の炎に照らされた坂本の顔は、恐怖にひき攣っていた。

「猿轡を取ってくれ」

市之介が言うと、彦次郎がすぐに猿轡をはずした。

「お、おれを、どうする気だ」

坂本が声を震わせて訊いた。

「おまえしだいだ。……おれは、手荒なことは好《す》かぬからな。おれたちが、訊いたことに答えれば、何もせぬ」

市之介が穏やかな声で言った。

「お、おれは、うぬらに話すことなどない」

坂本が血走った目を市之介にむけた。

「おれは、おまえたちの仲間に襲われ、あやうく殺されそうになったのだ。おまえをこの場で斬り殺しても、文句はあるまい」

市之介がそう言うと、さらに、彦次郎が、

「おまえは、兄の敵のうちのひとりだ。おれは、おまえたちの仲間に兄を斬り殺されたのだ」

と、怒りに声を震わせて言った。彦次郎の身辺には、いまにも斬りつけるような緊迫した雰囲気があった。

「……！」

坂本の顔が恐怖にゆがんだ。彦次郎が、佐々野宗助の弟だと分かったようである。

「おまえが話せば、助けてやってもいい。……佐々野や高木に直接手を下したわけではないからな」

市之介が助け船を出してやった。追いつめるより、助かるかもしれないと思わせた方がしゃべると踏んだのである。

「そ、そうだ。おれは、殺しに手を出していない。おれは、ただの繋《つな》ぎ役なのだ」

坂本が訴えるような口調で言った。

「ならば、話せ。……おれを襲った三人の男の名を知っているな」

「……知っている」

坂本が肩を落として言った。しゃべる気になったようだ。

「話してみろ」

市之介は、横川の名を口にしなかった。坂本が口から出任せを言わないか、確かめるためである。

「横川晋兵衛、小杉十郎《こすぎじゅうろう》、伊勢田甚助《いせだじんすけ》……」

坂本が小声で言った。横川の名を口にした。どうやら、嘘ではないらしい。

「小杉という男は？」

市之介は、小杉と伊勢田の名を初めて耳にしたのだ。糸川も知らないらしく、口をはさまなかった。

「御納戸同心だ」

「多賀の配下か」

おそらく、多賀が配下のなかから腕に覚えのある小杉を仲間に引き入れたのであろう。

「伊勢田も御納戸の者か」

「ちがう、伊勢田どのは非役の御家人だ」

坂本によると、伊勢田は五十石の御家人だが、ちかごろは屋敷にいないことが多いという。

「横川、小杉、伊勢田の三人は、どうして繋がったのだ」

「小杉どのと横川どのは、剣術の道場で知り合ったと聞いている」

「小杉は横川道場の門弟か」

「道場の名までは聞いていない。横川どのも小杉どのも、むかしのことはあまり話したがらないのでな」

「うむ……」

市之介は、横川と小杉は師弟関係であろうと思った。

「伊勢田とは、どうして知り合ったのだ」

「伊勢田どのは、横川どのの遊び仲間だったと聞いている」

「そうか」

どうやら、横川を橋渡しにして三人は結びついたようだ。

市之介が口をつぐんでいると、背後から糸川が、

「横川たちに指図しているのは、だれだ」

と、くぐもった声で訊いた。声から正体がばれないように、わざとくぐもった声を出したらしい。

「おれは、くわしいことは知らんが、多賀さまらしい……」

坂本が語尾を濁した。

「はっきり言え！」

糸川が語気を強めた。

「おれは、茂木さまの繋ぎ役として動いていただけだ。……横川どのたちには、菊山が繋くことが多かったのだ」

坂本が向きになって言った。

「横川たち三人の住処は」

さらに、糸川が訊いた。

「知らん。横川どのたちと接触していたのは、ほとんど菊山だったからな」

「まったく知らんことはあるまい。話しているとき、住処のことも口に出るはずだ」

糸川は追及した。何とか、横川たち三人の隠れ家をつきとめたかったのである。

「小杉どのは、多賀さまのお屋敷の近くだと聞いているが……」

多賀の屋敷は小石川にある。

「伊勢田は？」

「屋敷は本所《ほんじょ》の石原町《いしわらちょう》にあると聞いているが、屋敷にもどることはすくないそうだ。情婦《いろ》のやっている小料理屋に入り浸《びた》っているらしいからな」

坂本が口元をゆがめるように薄笑いを浮かべ、小料理屋がどこにあるかは知らない、と言い添えた。

「横川の住処は知らないのか」

糸川が、あらためて訊いた。

「知らない」

坂本が首を横に振った。

糸川が口をつぐむと、市之介が、

「おまえは、つたやで筒井屋の番頭と会っていたな」

と、声をあらためて訊いた。

「よく知っているな」

坂本が驚いたような顔をした。

「何を話したのだ」

「つまらぬことだ」

坂本が言いにくそうに顔をゆがめた。

「番頭の島蔵と揉めたそうだな」

市之介が言うと、

「だれに聞いたのだ」

と、坂本が顔をむけて訊いた。

「だれでもいい。……何で揉めたのだ」

「金だ。筒井屋は、千両都合すると言っていたのだが、番頭が、五百両しか用意できぬと言い出したのだ」

坂本が渋い顔をした。

「何の金だ」

「いろいろ便宜《べんぎ》をはかってやる多賀さまへの礼金だ」

「うむ……」

筒井屋からの賄賂のようだが、多賀から千両要求したような口振りである。

「それで、どうした？」

「そのまま五百両でというわけには、いかんのだ。おれと菊山は、交渉役だからな。五百両で承知してしまっては、多賀さまや茂木さまに合わせる顔がないのだ」

坂本の顔に、自嘲するような笑いが浮いた。

「それで、どうなったのだ」

「おまえや徳兵衛が、どうなっても知らんぞ、と言って、島蔵を脅《おど》しつけてやったのだ。すると、島蔵が、あるじに聞いてみないと、返事はできないと言い出して、押し問答になったのだ」

「……！」

賄賂ではなく、強請《ゆすり》ではないか、と市之介は思った。筒井屋から多賀に賄賂が渡されていたのではないのかもしれない。脅して金を出させていたのではあるまいか。多賀は筒井屋の弱みでも握っているのかもしれない。

「ところで、横川たちの仲間に町人がいたな。なんという名だ」

市之介が声をあらためて訊いた。

「勇次《ゆうじ》だ。横川どのたちの使い役をしている」

「どこに住んでいる」

「おれは知らない。話をしたこともないからな」

「うむ……」

嘘ではないようだ。勇次という男は、横川たちの仲間かもしれない。

それから、いっときして坂本への訊問は終わった。さらに、横川たち三人と多賀とのかかわりや住処について訊いたが、新たなことは出てこなかった。

「おれをどうする気だ」

坂本が訊いた。

「しばらく、ここに監禁しておく。おまえが、どうなるかは、今後の成り行き次第だな」

糸川が低い声で言った。

6

「旦那さま！　旦那さま！」

縁先から、茂吉が市之介を呼んでいる。

市之介は身を起こした。縁側の奥の居間で、横になって居眠りをしていたのだ。

「どうした、茂吉」

「旦那さま、殺《や》られやしたぜ」

「だれが殺られたのだ」

市之介は障子をあけて縁側に出た。

「筒井屋の番頭でさァ」

「島蔵か」

「へい、浜町堀《はまちょうぼり》沿いの叢《くさむら》で死骸《ほとけ》が見つかったそうなんで」

茂吉が市之介に身を寄せて言った。

「下手人は？」

市之介の脳裏に、横川たち三人のことがよぎった。三人のうちのだれかに斬られたのではあるまいか。

「あっしには分からねえ」

「まだ、死骸は浜町堀沿いにあるのか」

「あるようですぜ」

「行ってみるか」

市之介はすぐに戸口にまわった。

浜町堀への道すがら、茂吉に話を訊くと、知り合いのぼてふりから島蔵が殺されていることを聞いたという。

市之介と茂吉は和泉橋を渡って柳原通りを両国方面にすこし歩き、豊島町《としまちょう》の町筋を南にむかった。いっとき歩くと、浜町堀沿いの道に出た。

四ツ（午前十時）ごろである。初夏を思わせる強い陽射しが、浜町河岸に照りつけていた。浜町堀の水面が強い陽射しを反射《はね》て、油でも流したようににぶくひかっている。堀沿いの道を行き来する人々は、菅笠《すげがさ》や手ぬぐいをかぶっている者が多かった。陽射しを避けるためである。

浜町堀にかかる千鳥橋《ちどりばし》のたもとを過ぎたところで、

「あそこのようですぜ」

茂吉がそう言って前方を指差した。

堀際の叢のなかに、人だかりができていた。通りすがりの野次馬が多いようだが、八丁堀《はっちょうぼり》同心らしい男の姿もあった。八丁堀同心は小袖を着流し、羽織の裾を帯に挟む巻き羽織と呼ばれる独特の格好をしているので、遠目にもそれと分かるのだ。

市之介は人垣の後ろから覗いたが、何も見えなかった。島蔵の死体は叢のなかに立っている八丁堀同心の足元に横たわっているらしい。まわりには、岡っ引きらしい男も数人立っていた。

「ちょいと、どいてくれ」

茂吉が強引に人垣の間に割り込み、「旦那さま、ここへ」と声をかけた。

市之介ができた隙間《すきま》に踏み込むと、野次馬たちが慌てて左右に身を寄せ、さらに間をあけた。市之介は、羽織袴で二刀を帯びてきていた。だれが見ても、御家人か旗本と思われる武士である。その姿をみて、野次馬たちは恐れをなしたようだ。

島蔵の死体が見えた。叢のなかに、仰臥《ぎょうが》していた。目を見開き、口をあんぐりあけたまま表情をとめている。首筋と胸のあたりが、どす黒い血に染まっていた。

……横雲だ！

市之介は察知した。島蔵は首を横に斬られていた。下手人は、横川にちがいない。

市之介は茂吉に声をかけて、後ろに下がった。それ以上、死体を見る必要はなかったのである。

市之介と茂吉が人垣の後ろへ出たとき、浜町堀沿いの道を小走りにやってくる数人の男の姿が見えた。いずれも、商家の奉公人のようである。

「旦那さま、筒井屋の奉公人ですぜ」

と、茂吉が言った。

六人いた。人垣を分けて、島蔵の死体の方へ近付いていく。大番頭らしき年配の男を先頭にし、手代と丁稚らしい男がつづいた。

大番頭らしき男が、八丁堀同心と話し始めた。その会話が切れ切れに、市之介の耳にもとどいた。大番頭らしき男が、昨夜、島蔵は柳橋の福田屋に商談のために出かけたこと、店に帰らなかったこと、財布は持っていたことなどを同心に話している。

「死骸は財布を抜かれている。辻斬りの仕業《しわざ》だな」

同心が断定するように言った。

……ちがう。島蔵を斬ったのは、横川だ。

市之介は胸の内でつぶやいたが、黙っていた。町方同心に、話すつもりはなかったのである。

それから、半刻（一時間）ほどして、別の手代らしい男が一挺《いっちょう》の駕籠を連れて来た。どうやら、島蔵の死体を筒井屋で引き取るつもりらしい。

「茂吉、帰るか」

市之介は、これ以上この場にとどまっても仕方がないと思った。

「へえ……」

茂吉は気のない返事をして市之介に跟《つ》いてきた。何か考え込んでいるらしく、腕組みをしたまま首をひねっている。

浜町堀沿いの道を歩きながら、

「旦那さま、島蔵を殺ったのは横川とみてるんですかい」

と、茂吉が訊いた。

茂吉も、市之介や糸川の話を耳にしているので、事件にかかわっている者たちのことを知っていたのだ。横川が相手の首を斬る横雲と称する剣を遣うことも承知している。

「横川だろうな」

市之介は否定しなかった。

「筒井屋と多賀さまたちは、同じ穴の貉《むじな》じゃァねえんですかい」

「そうとも言えるが……」

市之介は語尾を濁した。

「どうして、横川が島蔵を斬ったんですかね」

茂吉は腑《ふ》に落ちないような顔をした。

「はっきりしたことは分からんが、金だろう。交渉がうまくいかなかったんだろうな」

市之介は、つたやで坂本たちが島蔵と会った後、日をあらためて柳橋の福田屋で談合したのではないかと思った。

ところが、筒井屋は多賀たちの要求を蹴って千両出さなかった。そこで、見せしめと、さらなる脅しのために島蔵を斬ったのではあるまいか。推測だが、市之介はまちがいないような気がした。

「それにしても、怖《こえ》えやつらだ。筒井屋の番頭まで斬っちまうんだから……」

茂吉が、怖気《おぞけ》をふるうように身震いした。

7

島蔵が斬殺された三日後、市之介は柳橋の浜富に足をむけた。おとせに会って、福田屋のお初から何か聞き込んだことがあれば、話してもらおうと思ったのだ。

七ツ（午後四時）ごろだった。浜富の戸口に立つと、店のなかから嬌声と男の談笑が聞こえてきた。客がいるらしい。

暖簾をくぐって店に入ると、女将のお富が姿を見せ、

「青井さま、お久し振りです」

と、色っぽい笑みを浮かべて言った。

「おとせを、呼んでもらえるかな」

市之介は、おとせに客がついていれば出直してもいいと思った。今日は、おとせから話を訊くために来たのである。

「すぐに、呼びますよ」

そう言って、お富は市之介を二階の桔梗の間へ案内した。いつも、市之介がおとせと飲むときに使っている座敷である。

座敷に腰を落ち着けていっとき待つと、おとせとふたりの女中が酒肴の膳を持って入ってきた。

「旦那、いらっしゃい」

おとせは、すぐに市之介の脇に膝を折った。

ふたりの女中が膳を並べて、座敷から出ていくと、おとせは市之介に身を寄せ、

「どうして、来てくれなかったんですよ」

と甘えたような声で言って、肩先を市之介の腕に押しつけてきた。そうした仕草は若妻のようで、とても子持ちには見えない。

「まァ、いろいろあってな」

市之介は膳の杯に手を伸ばした。

おとせが銚子で酒をついでくれるのを待ってから、

「福田屋のお初から何か聞いてないか」

と、声をひそめて訊いた。おとせの色香に酔っている暇はなかったのである。

「そのことでね、旦那に話したいことがあったんですよ」

おとせが、市之介から身を引いた。

「何か分かったのだな」

「昨日ね、お初さんに会って、いろいろ聞いたんです。そしたら、旦那から聞いていた茂木というお侍と筒井屋の番頭さんが、三日前に福田屋に来たらしいですよ。その座敷にお初さんが出たんですって」

「やはりそうか」

まちがいなく、島蔵は福田屋からの帰りに斬られたようである。

「それで、福田屋に来たのは茂木と番頭のふたりだけか」

「それが、五人の席だったそうよ」

「五人か。だれが、いっしょか分かるか」

「お初さんから名前を聞いたのは、菊山さまと横川さまだけだけど……」

おとせが小声で言った。

「横川も来ていたのか」

島蔵、茂木、菊山、横川、もうひとりは室山重蔵か茂木が坂本のかわりに連れてきた家士ではないかと思った。

「それで、五人でどんな話をしたのだ」

市之介が訊いた。

「お初さんの話だと、初めは五人でなごやかに飲んでたそうよ。ところが、坂本という方の話が出てから座が重苦しくなってきたらしいんです。そこで、お初さんは座敷から出されたようなんです」

その後、どんな話があったのか、分からないという。

「うむ……」

やはり、坂本のことは話題になったようだ。

「ただ、番頭さんが店を出るとき、顔がこわばり体が顫《ふる》えていたというから、何かあったのよ」

おとせが声をひそめて言った。

どうやら、おとせは番頭の島蔵が福田屋からの帰りに殺されたことを知らないらしい。

どうせ、すぐに分かることだと思い、市之介が話してやると、

「まァ！　殺されたの」

と、目を剝《む》いて言った。おとせの顔に恐怖の色が浮いた。島蔵が殺されたと聞いて、怖くなったのであろう。

「町方は辻斬りの仕業だと見ているようだが、下手人は、分からないらしい」

下手人は横川にまちがいないが、市之介は横川のことは口にしなかった。おとせが言い触らし、町方の耳にでも入れれば、おとせが訊問され厄介《やっかい》なことになるからである。

「ところで、多賀と筒井屋のあるじの徳兵衛は、福田屋に来なかったのか」

市之介が声をあらためて訊いた。

「来たようですよ。……十日ほど前に、お初さんに会ったとき聞いたんです。お初さん、多賀さまと徳兵衛さんが見えて、飲んだと言ってたわ」

おとせがお初の話として、そのときは機嫌よく飲み、特に変わったことはなかったらしいと言い添えた。

市之介が口をつぐんで杯をかたむけていると、おとせがまた身を寄せてきて、

「ねえ、旦那は番頭さんを殺した下手人を探っているんじゃァないんですか」

と、上目遣いに市之介を見ながら訊いた。

「まァ、そうだ。前にも話したと思うが、おれの知り合いがふたり斬り殺されてな。番頭を斬った下手人と同じではないかと睨んでいるのだ」

「そうなの……」

おとせは考え込むように視線を膝先に落とした。

「だが、下手人の目星はついている。おとせが、探るのもここまでにしてくれ」

市之介は、これ以上おとせが事件のことで嗅ぎまわるのは危険だと思った。福田屋に姿を見せる多賀や茂木たちの耳に入れれば、おとせの命を狙うかもしれない。横川たちは、抵抗しない町人も平気で斬殺するのだ。女であろうと、容赦しないだろう。

「あたし、また、お初さんに訊いてみる」

おとせが、昂《たかぶ》った声で言った。

「いま、番頭の島蔵が殺されたことを話したばかりではないか。下手に嗅ぎまわると、おとせの命も狙われるぞ」

「平気よ。あたし、分からないようにうまく訊き出すから」

おとせが言った。料理屋の女中の顔ではなかった。町娘のような潑剌《はつらつ》としたかがやきがある。捕物が好きなのかもしれない。子持ちではあるが、子供っぽいところのある女である。

第四章　くずれ御家人

1

市之介は袴の股《もも》だちを取り襷《たすき》掛けで庭に立ち、真剣を振っていた。横雲の剣を破る工夫をしていたのである。

そのとき、畳を踏む音がし、障子があいてつるが顔を出した。つるは、ゆっくりした動作で縁先に膝を折ると、

「市之介、お客さまが見えてますよ」

と、間延びした声で言った。

「だれです？」

市之介はすぐに刀を鞘に納めた。

「お若い方で、佐々野さまとおっしゃってましたよ」

「彦次郎か。庭へまわるように言ってください」

市之介は、襷をはずし袴を元にもどした。

「佐々野さまは、どういうお方です。上がっていただかなくても、いいんですか」

つるは、縁先に座したまま言った。立ち上がる気配もない。つるは、いつもこんな調子なのだ。悠長というか、胆《きも》が据わっているというのか、よほどのことがなければ、慌てて動くようなことはないのである。

市之介は、早く玄関先にもどらねば、彦次郎を待たせるではないか、と思ったが、

「母上、佐々野に縁先にまわるよう伝えてもらえますか」

と、静かな声で言った。

「いま、お伝えしますから」

つるは、ゆっくりとした動作で立ち上がった。

いっときすると、彦次郎が庭にまわってきた。

「お邪魔でしたか」

彦次郎は、市之介がはずした襷と大刀を手にしているのを見て、剣術の稽古をしていたのが分かったらしい。

「いや、体がなまるのでな。素振りをしていただけだ」

横雲を破る工夫をしていたとは言わなかった。市之介が、勝手に横川と立ち合うつもりでいるだけなのだ。

「筒井屋の番頭が殺されたそうですね」

彦次郎は縁先に腰を下ろして、小声で言った。

「下手人は横川らしい」

市之介は、死体の傷口を見てきたことを話した。

「卑劣な男だ。町人まで、手にかけるとは」

彦次郎の顔に怒りの色が浮いた。

「それで、何か分かったのか」

市之介は、彦次郎が何かつかみ、そのことを報《し》らせに来たのではないかと思ったのだ。

「伊勢田の屋敷が分かりました」

彦次郎が小声で言った。

坂本が話したとおり、石原町にあったという。ただ、周辺で聞き込んだことによると、伊勢田は屋敷にほとんどいないそうだ。

「伊勢田の家族は」

市之介が訊いた。

「妻と老母がいるだけで、子供はいないそうです」

「家を捨てたのかもしれんな」

「小杉の屋敷も、糸川さまがつかんだようです」

やはり、坂本が口にしたとおり小石川にあったという。

「そうか」

市之介も、小杉の住処はすぐに分かるとみていた。身分は御納戸同心だったし、小石川の多賀屋敷の近くだと分かっていたのだ。小石川で聞き込めば、小杉の屋敷も知れるはずである。

そんなやりとりをしているところへ、つると佳乃が顔を見せた。ふたりで、茶を運んできたようだ。

佳乃は彦次郎の脇に湯飲みを置きながら、彦次郎の横顔にチラッと視線をむけた。端整な顔立ちの若侍が、気になるようだ。

つると佳乃は茶を出し終えると、市之介の後ろに来て膝を折った。話にくわわるつもりらしい。

……困った母娘《おやこ》だ。

と、市之介は思ったが、苦笑いを浮かべただけで、湯飲みに手を伸ばした。つると佳乃が何を言い出すか聞いてやろうと思ったのである。

「佐々野さまは、お若いようですが、ご出仕なされているのですか」

つるが、間延びした物言いで訊いた。遠慮のない問いである。

「いえ、まだ……」

彦次郎が困惑したような顔をして言った。

「佐々野は、不幸があって兄を失ったばかりなのだ」

市之介が小声で言った。いずれ、つると佳乃も噂を耳にするだろうが、斬られたことは伏せておいた。

「まァ、そうでしたか」

つるが、眉宇《びう》を寄せた。脇に座っている佳乃まで、悲しそうな顔をしている。

「それで、佐々野は大事な相談があってみえたのだ。……ふたりだけにして、もらえまいか」

市之介が静かな声で言った。

「これは、迂闊《うかつ》でした。佳乃、ふたりだけにして差し上げましょう」

そう言って、つるが腰を上げると、佳乃も立ち上がった。

ふたりが縁側から消えると、

「佐々野、どうだ、石原町へ行ってみるか」

小杉は御納戸同心という役職があったが、伊勢田は非役である、しかも、屋敷に寄り付かないくずれ御家人らしい。伊勢田なら捕らえて口を割らせることもできるだろう、と市之介は踏んだのだ。

それに、まだ八ツ（午後二時）ごろだった。石原町へ出かけても、暗くなる前に帰ってこられるだろう。

「伊勢田は、屋敷にいないはずですよ」

彦次郎が言った。

「いや、伊勢田が入り浸っているという小料理屋を探すのだ。近所で訊いてみれば、分かるかもしれんぞ」

伊勢田は情婦の許にいるのだろう。その小料理屋が隠れ家とみていいのだ。

「分かりました」

彦次郎が立ち上がった。

市之介は、つると佳乃に暗くなるまでに帰る、と言い置いて、彦次郎とともに屋敷を出た。

市之介たちは柳原通りを東にむかい、賑やかな両国広小路を抜けて両国橋を渡った。そして、両国橋の東の橋詰に出たところで、

「まず、伊勢田の屋敷を見ておくかな」

と、市之介が言った。

「わたしが、案内します」

彦次郎は先に立ち、大川端を川上にむかって歩きだした。

2

市之介と彦次郎は大川端をしばらく歩き、石原町へ入ったところで、右手の路地へまがった。町家の続く通りをいっとき歩くと、武家屋敷のつづく路地になった。路地沿いに、御家人か小身の旗本の屋敷と思われる簡素な木戸門を構えた小体な屋敷がつづいていた。

彦次郎が路傍に足をとめ、

「あの屋敷です」

と言って、斜向かいの屋敷を指差した。

小体な屋敷である。板塀をまわし、ちいさな木戸門があった。板が朽《く》ちて、所々剝《は》げ落ちている。

市之介は板塀のそばに近付いてみた。だいぶ古い屋敷である。板壁は破れ、庇《ひさし》は朽ちて垂れ下がっていた。狭い庭があったが、ちかごろ手入れした様子はなく雑草でおおわれていた。廃墟のようである。伊勢田が家に寄り付かないために、荒れてしまったのだろう。

「留守かな」

家のなかから、物音も話し声も聞こえてこなかった。

「ご新造と母親がいるはずですが」

彦次郎が小声で言った。

市之介は、いっとき板塀の隙間からなかを覗きながら耳を澄ませていた。すると、物音が聞こえた。畳を踏む音らしい。つづいて、ぼそぼそとくぐもったような声が聞こえた。話の内容は聞き取れないが、女の声であることは分かった。

「いるようだ」

「男の声はしませんよ」

彦次郎も、家のなかの声を聞き取ったようだ。

「伊勢田はいないようだ」

市之介は、板塀のそばを離れた。伊勢田のいない家を覗いていても、仕方がないのだ。

「どうします?」

彦次郎が訊いた。

「表店のある通りにもどって、訊いてみよう」

近所の武家屋敷を訪ねて、話を訊くわけにはいかなかった。

市之介と彦次郎は表店のある通りへもどると、一刻(二時間)ほどしたら大川端の通りへもどることを約して別れた。別々に話を訊いた方が、埒《らち》が明くと思ったのである。

ひとりになった市之介は、まず目についた酒屋に立ち寄ってみた。軒下に酒林がかかっている。店内でも酒を飲ませるらしく、床几《しょうぎ》に腰を下ろして酒を飲んでいる男がふたりいた。

市之介が店に入っていくと、大きな酒樽の前にいた小太りの男が、慌てた様子で近寄ってきた。店の親爺《おやじ》らしい。顔に不安そうな表情があった。突然、武士が入ってきたので、不安を覚えたのであろう。

「店のあるじか」

市之介が訊いた。

「さようでございます」

おやじは、腰をかがめたまま上目遣いに市之介を見た。酒を飲んでいるふたりの男も、怪訝《けげん》そうな目を市之介にむけている。ふたりとも、職人ふうである。ひとりは浅黒い顔をし、ひとりは顎のとがった痩せた男だった。

「つかぬことを訊くがな。この先に、伊勢田という御家人の住む屋敷があるのだが、知っているかな」

市之介が、伊勢田の屋敷のある方を指差して訊いた。

「へい、お名前だけは、存じておりやす」

親爺は、首をすくめながら言った。

「それがし、伊勢田どのと剣術道場でいっしょだったことがあってな。久し振りで、近くを通ったので、屋敷に寄ってみたのだが、伊勢田はおらんのだ。……妻女に、訊いてみると、ここしばらく家をあけていて、どこに行っているか分からんという」

市之介は適当な作り話をした。

「伊勢田さまは、お屋敷を留守にすることが多いそうでさァ」

そう言った親爺の顔に、うす笑いが浮いた。目に揶揄《やゆ》するようなひかりがある。

伊勢田が、どんな暮らしをしているか知っているようである。

「妻女は、酒でも飲んでいるのだろうというのだ。そこで、酒屋の者なら、伊勢田の行き先を知っているのではないかと思い、立ち寄った次第なのだ」

市之介が、もっともらしい顔をして言った。

「うちの店に来たことは、ありませんが……」

親爺が小声で言った。

「小料理屋らしいことも言っていたが、どこの店か知らぬか」

「さァ」

親爺が首を横に振ったとき、床几に腰を下ろして酒を飲んでいた浅黒い顔の男が、

「旦那、伊勢田の旦那なら、川向こうにいるかもしれやせんぜ」

と、声をかけた。

「おまえ、伊勢田を知っているのか」

「へい、あっしも、この近くに住んでやすんで」

男が照れたような顔をして言った。

「川向こうと言うと？」

「諏訪町《すわちょう》でさァ」

浅草《あさくさ》諏訪町は、大川の対岸に位置している。

「小料理屋か」

「へい、店の名は駒乃屋《こまのや》だったか、駒田屋《こまだや》だったか……。はっきりしねえが、伊勢田の旦那が店に入っていくのを何度か見たことがありやす」

浅黒い顔をした男が言うと、脇にいた痩せた男が、

「あっしも、見やしたぜ」

と、言い添えた。

ふたりは桶職人で、最近まで諏訪町にある桶屋で働いていたそうだ。

「小料理屋があるのは、諏訪町のどの辺りか分かると助かるんだがな」

市之介は諏訪町へ行ってみようと思った。

「大川端に、船木屋《ふなきや》ってえ船宿がありやす。その近くだから、行けば分かりやすぜ」

浅黒い顔をした男が言った。

「助かったよ」

市之介は、ふたりに礼を言って、酒屋を出た。

まだ、大川端の通りへ出るには間があったので、通り沿いの店に立ち寄って伊勢田のことを訊いたが、新たなことは出てこなかった。ただ、伊勢田が若いころから放蕩無頼《ほうとうぶらい》な暮らしをつづけ、界隈でも恐れられていたことが分かった。そうした暮らしのなかで、横川とつながったのだろう。

3

彦次郎は市之介の姿を目にすると、小走りに近寄ってきた。

「待たせましたか」

彦次郎は恐縮したような顔をした。

「いや、おれもいま来たところだ」

約束どおり、市之介と彦次郎は大川端で顔を合わせたのだ。

陽は川向こうの浅草の家並に沈みかけていた。小半刻（三十分）もすれば暮れ六ツ（午後六時）の鐘がなるだろうか。

大川は西陽を映して、淡い茜《あかね》色にかがやきながら滔々《とうとう》と流れていた。客を乗せた猪牙舟や荷を積んだ艀《はしけ》などが、西陽のなかをゆったりと行き来している。風のない穏やかな夕暮れ時である。

大川端の通りには、ぽつぽつと人影があった。仕事を終えたぼてふりや出職の職人などが目についた。

「伊勢田の隠れ家が、つかめそうだぞ」

市之介が、大川端を川上にむかって歩きながら酒屋で聞き込んだことをかいつまんで話した。市之介はこのまま吾妻橋《あづまばし》を渡って、対岸の諏訪町へ行こうと思ったのである。

「さすが、青井さま。……わたしの方は、伊勢田の放蕩ぶりを聞き込んだだけです」

彦次郎は市之介に跟《つ》いてきた。

「伊勢田は、若いころから岡場所や賭場へ出入りしてたようです」

さらに、彦次郎が言った。

「横川や伊勢田が悪事を働いているのは、金のためかもしれんな」

その金は筒井屋と多賀から出ているのであろう、と市之介は思った。

市之介たちが吾妻橋を渡りかけたとき、浅草寺《せんそうじ》の暮れ六ツの鐘が鳴った。陽が家並の向こうに沈み、物陰には夕闇が忍び寄っている。

ふたりは吾妻橋を渡ると、すぐに左手の川沿いの道へ出た。そして、川沿いにつづく材木町《ざいもくちょう》、駒形町《こまがたちょう》と歩いた。

すでに、通り沿いの店は表戸をしめて店仕舞いしていたが、ちらほら人影があった。浅草寺界隈は江戸でも有数の繁華街だったので、料理屋、遊女屋、飲み屋などが軒《のき》を連ね、陽が沈んでも遊び人や酔客などで賑わっている。そうした客が、大川端にも流れてきているらしい。

諏訪町に入ってすぐ、市之介は通りすがりの船頭ふうのふたり連れをつかまえ、

「船木屋という船宿は、どこかな」

と、訊いた。

「二町ほどいった川沿いにありやすぜ」

すぐに、年配の男が答えた。

行ってみると、船宿らしい店があった。店から出てきた男に訊くと、ここが船木屋だという。客がいるらしく、二階の座敷から男たちの濁声や哄笑などが賑やかに聞こえてきた。

「この店の近くに、駒乃屋か駒田屋という小料理があるはずだ」

市之介は路傍に立って、通りに目をやった。

「青井さま、あそこに小料理屋らしき店があります」

彦次郎が斜向かいを指差した。

小体な店だった。戸口が格子戸になっていて、脇に掛け行灯があった。淡い灯《ひ》が夕闇のなかに浮かび上がったように見えている。

「行ってみよう」

市之介たちは通行人を装って、店の前に近付いた。

……駒田屋だ。

掛け行灯に駒田屋と記してあった。

客がいるらしかった。店の前を通ったとき、男のくぐもった声や笑い声が洩れてきたのである。

市之介たちは、店先から半町ほど離れて路傍に足をとめた。

「どうします」

彦次郎が訊いた。

「店に踏み込むわけにはいかんな。だれかに、様子を訊いてみたいのだが……」

通りの先に目をやると、数軒先にそば屋らしい店が見えた。戸口からかすかに灯が洩れている。まだ、店をひらいているようだ。

「どうだ、腹ごしらえをせんか」

市之介は腹が減っていた。それに、店の者に駒田屋の様子が訊けるのではないかと思ったのだ。

「わたしも、腹が減って……」

彦次郎がほっとした顔をして言った。空腹を我慢していたらしい。

暖簾をくぐると、狭い土間があり、その先が追い込みの座敷になっていた。間仕切りの屏風《びょうぶ》が立ててあり、数人の客がそばをたぐったり、酒を飲んだりしていた。

「いらっしゃい」
十六、七と思われる小女が、市之介たちに声をかけた。
「座敷はあるかな」

できれば、座敷に腰を落ち着けたかった。そばを食うだけならかまわないが、駒田屋のことを訊くためには、他の客のいないところがよかったのだ。

「奥の座敷があいてますよ」

小女は、市之介たちを追い込みの座敷の奥にある小座敷に案内した。

市之介は小女に酒とそばを注文した後、

「そなた、名はなんというな」

と武士らしい物言いで、小女に訊いた。

「お芳《よし》です」

お芳は、怪訝な顔をした。いきなり名を訊かれたからであろう。

「お芳か、いい名だ。ところで、駒田屋という小料理屋を知っているかな」

「知ってますよ、近所ですから」

「女将の名は知っているかな」

さらに、市之介が訊いた。

「知ってますけど。……お武家さま、どうしてそんなこと訊くんですか」

お芳が不審そうな顔をした。

「実は、おれの知り合いの男がな。女将にぞっこんで、駒田屋に入り浸っているようなのだ。……それで、妻女から様子を見てきてくれと頼まれたのだ」

市之介はもっともらしい話をした。

「伊勢田さまのことかしら」

お芳が腑に落ちたような顔をして、伊勢田の名を口にした。

まちがいなく、伊勢田は駒田屋に来ているようだ。

「そう、伊勢田だ。……それで、女将の名は」

「お静《しず》さんですよ」

小女はその場を離れたいような素振りを見せた。話し込んでいては、店の主人に怒られると思ったのかもしれない。

「伊勢田は、いまも駒田屋にいるのか」

かまわず、市之介が訊いた。

「いるようですよ。駒田屋を贔屓《ひいき》にしているお客さんが、うちにも来て、伊勢田さまは店に住み着いたようだと話してましたから」

お芳はそれだけ言うと、市之介に頭を下げて、慌てて座敷から出ていった。

「やはり、駒田屋が伊勢田の隠れ家のようですね」

彦次郎が小声で言った。

「そのようだな」

市之介と彦次郎は、小女が運んできた酒で喉をうるおし、そばで腹ごしらえをしてから店を出た。

まだ、西の空にかすかに残照があったが、上空は星がかがやいていた。六ツ半

（午後七時）を過ぎているだろうか。

「明日だな」

今日は、このまま帰るつもりだった。

市之介と彦次郎は、夜陰に染まった大川端を歩きだした。

4

神田花房町の神田川沿いに、吉多屋《よしだや》という料理屋があった。その二階の座敷に、五人の男が集まっていた。市之介、糸川、彦次郎、それに御徒目付の森泉と松浦である。

糸川はこれまでの探索状況を伝え合うとともに、今後どうするか相談するために、四人に声をかけたのだ。糸川は自邸に集めようと思ったらしいが、人数が多いので吉多屋にしたようである。

酒肴の膳がとどき、お互いがいっとき喉を潤した後、五人がこれまでの探索でつかんだことを話した。

まず、市之介、糸川、彦次郎の三人が交互に、横川たち三人のことや、福田屋で茂木たちと筒井屋との間で諍いがあったらしいことなどを話した。そして、坂本を捕らえて吟味したことと、坂本の供述通り、伊勢田の隠れ家が駒田屋という小料理屋だったことなどを言い添えた。

「たいしたものだ、それだけ分かれば、一気に捕縛できるぞ」

森泉が感心したように言うと、松浦も驚いたような顔をした。目付の経験のない市之介や彦次郎がそこまでやるとは、思わなかったのだろう。

「森泉、話してくれ」

糸川が言った。

「おれたちは、有馬さま殺害に関して多賀と茂木の身辺を探ったのだ」

そう前置きして、森泉が話しだした。

有馬と同じ御納戸衆や有馬と家士の田村の家族などに丹念に聞き込み、有馬が多賀と茂木の不正に気付いて、御納戸頭の馬場左兵衛《ばばさへえ》に訴え出ようとしていたらしいことが分かったという。その矢先に、有馬は斬殺されたというのだ。

「有馬さまは、多賀と茂木の不正をあばこうとしたのか」

糸川が言った。

有馬は多賀たちの仲間ではなく、まったく逆の立場だったようである。

「そのようだ」

「有馬さまが気付かれた不正とはなんだ」

糸川が身を乗り出すようにして訊いた。上司に対する賄賂ではないだろう。賄賂だけなら、御納戸頭の馬場に訴え出ようとするはずはないのだ。

「それが、分からないのだ。有馬さまが殺されてしまったからな」

「口封じか」

糸川が残念そうに言った。

「ただ、筒井屋にかかわる不正であることは、たしからしい。有馬さまは家士の田村を連れて筒井屋に出かけたことが何度かあるそうなのでな」

森泉が言った。

……有馬が気付いた不正は、多賀が筒井屋を強請《ゆす》ったことであろうか。

との思いが市之介の胸をよぎったが、それだけではないような気がした。

有馬は、多賀が筒井屋を強請ったことをつかんだとしても、上司の馬場に訴え出ようとはしないはずだ。それとなく目付筋に知らせるだろう。御納戸頭の馬場に訴えようとしたのは、御納戸にかかわる不正だったからではあるまいか。

市之介がそのことを言うと、

「おれも、そう思う」

と、糸川が言った。

森泉と松浦もうなずいた。

「御納戸にかかわる不正とは何だ」

市之介が訊いた。

「分からん」

糸川がつぶやくような声で言った。

「それを探らねばならんな」

市之介が言った。

「いかさま」

糸川が顔をけわしくして言った。

次に口をひらく者がなく、座は沈黙につつまれたが、糸川が、

「それで、おれたちの次の手だが、どう動く」

と、一同に視線をまわして言った。

「どうだ、伊勢田と小杉を捕らえて、吟味したら」

森泉が言った。小杉も呼び捨てにした。科人《とがにん》としてみるようになったからであろ

う。

「坂本のようには、吐くまい。それに、小杉は御納戸同心だ。確かな証がないのに、縄をかけることなどできないぞ。それこそ、頭の大草さまにも累《るい》が及ぶ」

糸川がけわしい顔をして言った。

「迂闊に手は出せんか」

森泉が視線を落とした。

「どうだろう、菊山を捕らえて吟味したら」

松浦が言った。

「うむ……。坂本と同様、決め手となるような証が手に入るとは思えんな。それに、菊山は多賀の若党だ。捕縛したことが知れれば、われらが責められるぞ。下手をすると、腹を切るような羽目になるかもしれん」

糸川が言うと、森泉と松浦は渋い顔をして視線を落とした。

「どうだ、筒井屋から攻めたら」

市之介が言った。

「筒井屋から攻めるとは」

糸川が市之介に顔をむけて訊いた。他の三人の視線も、市之介に集まっている。

「おれは、筒井屋から多賀に賄賂が渡っているだけではないような気がする。……それだけなら、番頭の島蔵が殺されるようなことはないはずなのだ」

「それで？」

「筒井屋から多賀へ渡される金は賄賂ではなく、強請られた金ではないかな」

「強請りか！」

森泉が声を上げた。市之介にむけられていた男たちの顔に驚きの色が浮いている。

「そうとしか思えん。賄賂ならば、千両だとか五百両だとか交渉した揚《あ》げ句《く》に話がまとまらないといって、斬り殺したりするはずはないだろう」

「もっともだな」

糸川がうなずいた。

「筒井屋は、多賀たちに何か弱味を握られているのではないかな」

何もなければ、いかに大店とはいえ、脅されて五百両、千両という大金は出さないだろう。

「そうかもしれん」

「その弱味は、有馬がつかんだ不正とかかわっているのではあるまいか」

市之介の推測だが、的外《まと》れとは思えなかった。

「なるほど」

糸川が市之介に顔をむけてうなずいた。彦次郎、森泉、松浦の目も、市之介にむけられている。

「となると、筒井屋も多賀たちの不正は知っていることになる」

「そうだな」

「ならば、筒井屋に訊いたらどうだ」

「話すかな」

「話すだろう。筒井屋は多賀たちの強請りに手を焼いているようだ。それに、番頭の島蔵が殺されたことで、多賀たちを恐れ、怯《おび》えているはずだ」

筒井屋は多賀たちの恐喝から逃れるためにも、これまでの経緯《いきさつ》を話すのではないか、と市之介は踏んだのだ。

「よし、筒井屋の徳兵衛と会おう」

糸川が腹をくくったような重いひびきのある声で言った。

5

翌日、市之介は糸川とふたりで室町へむかった。筒井屋の徳兵衛と会い、話を訊くためである。市之介は羽織袴姿で拵《こしら》えのいい二刀を帯びていた。徳兵衛を信用させるために、旗本らしい身装《みなり》で来たのである。

「徳兵衛が、話してくれるといいんだが」

糸川が歩きながらつぶやいた。やはり、そのことが気になっているようである。

「こちらの出方次第だな。徳兵衛が処罰を受けるような話になれば、口をつぐむだろう」

市之介は、徳兵衛が多賀たちに握られている弱味によるだろうと思った。

「うむ……」

「おそらく、筒井屋にとって横川たち三人は大変な脅威になっているはずだ。その脅威を取り除いてやるように、話を持っていったらどうだ」

「それしかないな」

そんなやり取りをしているうちに、ふたりは日本橋通りに入った。

日本橋通りは、江戸でも有数の賑やかな通りである。様々な身分の老若男女の通行人にくわえ、駕籠、騎馬の武士、荷を積んだ大八車などが行き交い、靄《もや》のような砂埃が立っていた。

室町二丁目に入ってすぐ、

「あの店だ」

糸川が前方を指差した。

呉服屋の大店らしい間口のひろい土蔵造りの店舗だった。繁盛しているらしく、大きな暖簾の下を客らしい男女が、盛んに出入りしていた。

市之介と糸川は、筒井屋の暖簾をくぐって土間に立った。土間につづいてひろい売り場があり、何人もの手代が客を相手に反物をひろげて商談をしていた。その間を丁稚たちがせわしそうに動き、反物や茶を運んでいる。

「いらっしゃいまし」

三十がらみと思われる手代が、腰をかがめて市之介たちに近付いてきた。顔に戸惑うような表情があった。客とは思わなかったのかもしれない。

「あるじの徳兵衛はいるかな」

糸川が低い声で訊いた。

「どなたさまでございましょうか」

手代の顔が、不安そうな表情に変わった。

「公儀の者だが、殺された島蔵のことで話がある」

「お、お待ちください」

手代は、声をつまらせて言い、売り場の奥の帳場に小走りにむかった。帳場格子の奥に、年配の大番頭らしき男がいた。

市之介はその男に見覚えがあった。島蔵が殺されたとき、奉公人たちを連れて死体を引取りにきた男である。

手代は、大番頭らしき男に市之介たちのことを話したようだ。大番頭らしき男は、チラッと戸口に立っている市之介たちに目をむけ、手代になにやら話してから腰を上げた。

手代はそのまま帳場格子の脇から奥へむかった。

大番頭らしき男は慌てた様子で市之介たちのそばに来ると、

「大番頭の房蔵《ふさぞう》でございます」

と、揉み手をしながら言った。

「あるじと話がしたい」

糸川が言った。

「ともかく、お上がりになってくださいまし。いま、あるじに話を伝えました」

どうやら、手代が徳兵衛の許にむかったらしい。

房蔵が、市之介たちを案内したのは、帳場の奥の座敷だった。そこは、上客との商談のための座敷らしく、座布団と莨盆《たばこぼん》が用意してあった。正面の床の間には、山水画の掛軸が下がっている。

いっときすると、廊下に慌ただしそうな足音がし、障子があいて、五十がらみと思われる痩身の男が入ってきた。上物の唐桟《とうざん》の羽織に細縞《ほそじま》の小袖姿である。身装《みなり》から見て、あるじの徳兵衛であろう。

男は市之介たちと対座するとすぐに、

「あるじの徳兵衛でございます」

と、名乗った。

面長で鼻梁が高く、顎骨が張っていた。その顔に憂慮の翳《かげ》が張り付いている。

「それがし、公儀の目付筋の者でござる」

糸川は名乗らなかった。話がどう展開するか分からなかったので、名は伏せておいたのだろう。

市之介も名乗らず、ちいさくうなずいて見せただけである。市之介の場合は、非役だったので、名乗りづらかったこともある。

「番頭の島蔵が殺されたな」

糸川が切り出した。

「は、はい……」

徳兵衛の顔がこわ張った。膝の上で握りしめた拳《こぶし》が、かすかに震えている。

「下手人に心当たりはあるか」

「お上のお調べでは、辻斬りではないかと……」

徳兵衛の声は震えていた。糸川と市之介にむけられた目に不安と戸惑いの色があった。市之介たちが、何のために来たのか分からないからであろう。

「下手人は辻斬りではない。横川晋兵衛だ」

いきなり、市之介が言った。まわりくどい言い方より、事実をはっきり言った方が徳兵衛が信用すると思ったのである。

徳兵衛が驚愕に目を剝《む》いた。息を呑んで、市之介を見つめている。

「横川の仲間も分かっている。小杉十郎と伊勢田甚助だ。ちがうか」

さらに、市之介が言った。

「は、はい……」

徳兵衛がうなずいた。

「島蔵がなにゆえ横川に斬殺されたのか、それも分かっている。千両を要求され、それを拒んだためだ」

「そ、そのとおりでございます」

徳兵衛の顔がゆがんだ。不安と戸惑い、それに市之介たちに対する恐れのようである。

そのとき、女中が茶を運んできた。市之介たちは話をやめ、女中が去るのを待った。

6

女中が座敷から出た後、茶で喉をうるおしてから、

「筒井屋、悪いようにはせぬ。多賀たちとのかかわりを包み隠さず話せ」

糸川が言った。

「……」

徳兵衛は、迷っているようだった。

「われらは町方ではない。うぬらを責める気など毛頭ないのだ。……それとも、このまま多賀たちとの関係をつづけることが、筒井屋にとって益のあることなのか」

「益などございません」

徳兵衛が首を強く横に振った。

「ならば話せ」

「何を、お話しすれば、よろしいのでしょうか」

徳兵衛が糸川に顔をむけて訊いた。

「まず、多賀とのかかわりだ。いつごろから始まったのだ」

「八年ほど前になります。多賀さまが御納戸衆になられ、お上にお納めする反物のことで、何かと相談に乗っていただきましたもので……」

徳兵衛によると、将軍が下賜する衣類の調達のおり、多賀が何かと便宜をはかってくれ、その礼のつもりで、賄賂を贈ったそうだ。賄賂といっても、小額で他の御納戸衆に贈る金額と大差はなかったという。

「それで」

糸川は先をうながした。

「しだいに、多賀さまの方から多額の金子《きんす》を要求するようになったのです。当時は、できるかぎり応じておりました。それというのも、相応の見返りがあったからでございます」

多賀はお上が衣類を調達するおりだけでなく、大奥への出入りのさいにも便宜をはかってくれ、また他の大名家への出入りに関して、幕閣をとおして働きかけてくれたりもしたという。

「多賀さまは、わたしどもがお渡しした金子を御納戸方だけでなく、ご老中にまでお贈りし、それが、うちの店の商《あきな》いにも役立ったようなのです。そうしたことがありましたもので、できるかぎり、多賀さまの要求に答えておりました」

そこまで話して、徳兵衛は息をつき、膝先の湯飲みに手を伸ばした。手にした湯飲みがかすかに震えている。まだ、徳兵衛の体の顫《ふる》えは収まっていないようだ。

「ところが、多賀の要求は賄賂の限度を超《こ》えるほど高額になってきた。ちがうか」

市之介が言った。

「そのとおりでございます」

「当初は、多くて百両ほどでしたが、二年ほど前から、五百両、千両の金子を要求されるようになりました。……そのような大金をお渡しすることは、できません。

店がつぶれてしまいます」

徳兵衛が悲痛な顔をした。

「なぜ、二年ほど前から増えたのだ」

糸川が訊いた。多賀が、それだけの金を必要とした理由があると思ったのだろう。

「多賀さまのお話から推察いたしますと、多賀さまは御納戸頭へのご栄進の望みがあるようでございまして、何かと金子がごいりようだとか……」

「そういえば、多賀には御納戸頭への昇進の噂がある」

糸川がつぶやいた。

多賀は御納戸頭への栄進を狙って、幕閣に働きかけているのだろう。相手が幕閣ともなれば、ありきたりの賄賂では効果がない。それで、多額の金が必要になったのだ。

「それで、今度も千両要求されたわけか」

「左様でございます」

「それを断ったのだな」

「はい、すぐに千両の金子は都合できませんでしたし、事情を知っている番頭の島蔵が、いつまでも相手の言いなりになっていれば、筒井屋がつぶれる、と言って、談合役を引き受けてくれたのです」

島蔵は、多賀側の強談判《こわだんぱん》にも屈せず、ことに当たったそうである。

「そ、その島蔵が、こんなことに……」

徳兵衛の声が震えた。

「多賀は横川たちを遣って、談合役の島蔵を始末したわけだな」

「さようでございます」

「だが、妙な話だ。金額はどうあれ、筒井屋としては多賀に金を渡すことはないはずだ。初めから、断って相手にしなければいいではないか。多少、お上《かみ》との商売がやりづらくなるかもしれんが、店がつぶれるよりいいだろう」

市之介の頭には、有馬のこともあった。有馬がつかんだ不正は、筒井屋から多賀に渡っていた賄賂とは思えなかったのだ。

「そ、それは、そうでございますが……」

徳兵衛が言葉を濁した。

「徳兵衛、まだ何か隠しているな」

市之介が徳兵衛を見すえて言った。

「……………！」

徳兵衛の顔がこわばった。肩先がかすかに震えている。

「多賀に弱味を握られていて、断れなかった。そうであろう」

「弱味などと……」

徳兵衛は市之介の視線を反らすように顔を伏せた。

「筒井屋は多賀に弱味を握られ、強請られたのだ。脅し役が、横川たち三人であろう」

市之介がさらにつづけた。

「徳兵衛、話せ。島蔵は殺されているのだぞ。このままにすれば、筒井屋がつぶれるか、あるじのおまえに危害が加えられるかだ」

市之介の推測だが、徳兵衛も同じ懸念を抱いているはずだと思った。

「さ、さようでございます……」

徳兵衛が弱々しい声で言った。

「さきほど、悪いようにはしないと言ったはずだぞ。……多賀が握っている弱味は、何なのだ」

市之介が語気を強めて訊いた。

「じ、実は、お上にお納めした衣装やお仕着《しき》せのことでございます」

徳兵衛が顔を上げた。

「上さまが下賜される品か」

「は、はい」

「下賜品がどうしたのだ」

「多賀さまに強要され、納入にあたり金額を水増ししたのでございます」

徳兵衛の声の震えがとまっていた。腹をくくったのかもしれない。

「水増しだと」

「はい」

徳兵衛によると、正常な価格より五分《ごぶ》ほど高くしたそうだ。幕府に納める衣類は量が多い上に、季節ごとに納めていたので水増し金は高額になったという。

「浮いた金子を、多賀さまと折半にしたのでございます。……ですが、てまえどもに利益はございませんでした。折半して得た金子のほとんどが、多賀さまへの賄賂で消えましたもので」

「うむ……」

「ところが、このことを別の御納戸衆の方に気付かれました」

「分かった。有馬さまだな」

糸川が声を上げた。

「さようでございます」

「やはり、有馬さまを殺したのは口封じだな」

糸川が納得したような顔をした。

「多賀さまが、横川さまたちに命じて……」

「それで？」

糸川が先をうながした。まだ、筒井屋が多賀に強請られる理由が分からなかったのだ。

「多賀さまは、水増ししたのは筒井屋の一存で、当方はまったくかかわりがない、と言い出したのです。それに、要求どおりに金子を用意せねば、有馬さまと同じように始末すると……」

徳兵衛によると、多賀が、徳兵衛が死ねば水増しの件も闇に葬られるので、都合がいいとまで言ったそうである。

「卑劣な」

糸川の顔に憎悪の色が浮いた。多賀のやり方が、あまりに卑劣なので腹に据えかねたのであろう。

「有馬さまと島蔵が殺され、多賀さまなら、どんなことでもやりかねないと思い、恐ろしくて、何も言えませんでした」

徳兵衛の顔が恐怖にゆがんだ。

「そういうことか」

市之介は、徳兵衛が強請られていた理由が分かった。弱味というより、多賀に対する強い恐怖であろう。

「御納戸衆の茂木繁三郎は？」

糸川が訊いた。

「多賀さまの配下でございます」

茂木は多賀の意を受けて、手足のように動いていたという。

「これで、一味の様子が知れたな」

糸川がけわしい顔で言った。

「ど、どうか、お助けください。……このままでは、てまえは島蔵と同じように殺されます」

徳兵衛が声を震わせて哀願した。

「徳兵衛、多賀から逃れる手がひとつだけある」

市之介が、低い声で言った。

「どのようなことでございましょうか」

「まず、殺し役の横川、伊勢田、小杉の三人を始末することだ」

「……！」

徳兵衛が息をつめて市之介を見つめた。

「そして、多賀の悪事をあばき、公儀の手で仕置してもらう」

さらに、市之介が言った。

「そのようなことができましょうか」

「できる。横川たち三人は、おれたちが始末する。すでに、伊勢田と小杉の居所はつかんでいるのだ」

「さようでございますか」

徳兵衛の顔の恐怖がいくぶん薄れた。

「だが、横川の居所はつかめていないのだ。……徳兵衛、横川の住処を知っているか。横川を討つためには、その居所をつかまねばならんのだ」

「行ったことはございませんが、本郷の借家だと聞いています」

「本郷のどこか分からぬか」

本郷といってもひろいので、探し出すのは容易ではないだろう。

「加賀さまのお屋敷の近くで、四辻の角だと言ってましたが……」

「前田さまのお屋敷か」

本郷には加賀百万石前田家の上屋敷がある。その近辺らしい。探せば、つきとめられるかもしれない。

「もうひとり、三人といっしょに勇次という男がいたのだが、そやつのことを知っているか」

市之介が訊いた。

「勇次は、店にも横川さまたちの使いで来たことがありますが、柳橋の船宿で船頭をしていたと聞いた覚えがあるだけでございます」

「そうか」

市之介が口をつぐむと、

「多賀の悪事をあばくためには、徳兵衛の口書きが必要になる」

と、糸川が言い添えた。

「口書きでございますか」

徳兵衛が戸惑うような顔をした。

「そうだ。多賀の悪事を洗い浚《ざら》い書いてもらいたい」

「それでは、てまえも、仕置されます」

徳兵衛が悲痛な声で言った。

「いや、そんなことはない。水増しは、多賀に強要されてやったことであり、しかもその金は折半とはいえ、ほとんど多賀に渡っているのだ。そのことをありのままに書けばいい。われらも、筒井屋に罪がないことを添え書きしてやる。それに、徳兵衛は町人ゆえ、仕置には町奉行の手を借りねばならなくなる。お上も、筒井屋を仕置するために、町方にまで恥を晒すようなことはしたくないはずだ」

糸川が言うと、

「仰《おお》せのとおりにいたします」

徳兵衛は畳に両手をついて、市之介と糸川に頭を下げた。

7

筒井屋に出かけた翌日、市之介は糸川とふたりで、小川町に出かけた。大草家へむかったのである。

筒井屋を出た後、糸川が、

「明日、大草さまにこれまでの探索結果をお話しし、ご指示を仰《あお》ぐつもりだ」

と、市之介に言ったのだ。

「ならば、おれも同行しよう」

市之介は、大草に話して許しを得ておきたいことがあったのだ。それは、横川と伊勢田の斬殺である。

小杉は御納戸同心だったので、糸川にまかせるつもりだったが、横川と伊勢田だけは、立ち合って斬りたいと思っていた。横川は牢人のようだし、伊勢田は御家人だが、無頼牢人と変わらない暮らしぶりである。斬ってもさしつかえないと思ったのだ。それに、横川の横雲の剣と勝負したかったたし、彦次郎に兄の敵《かたき》として一太刀なりとも、あびさせてやりたかったのだ。

そうした経緯があって、ふたりは大草家へ出向いたのだ。

陽は西の空に沈みかけていた。七ツ半（午後五時）ごろであろうか。市之介たちは大草の下城を見計らって来ていたのだ。

大草家の屋敷の長屋門の前まで来ると、糸川が、

「おれが門番に話してくる」

と言って、門番所に近付いて声をかけた。

ふたりは、すぐにくぐりから通してもらった。玄関先でいっとき待つと、門番が用人の小出を連れてもどってきた。

「青井さまと糸川さま、何用でございましょうか」

小出が、いつものように慇懃《いんぎん》な口調で訊いた。

「御目付さまは、お帰りでござろうか」

糸川が訊いた。

「半刻（一時間）ほど前に、下城されておりますが」

「大事な報らせがござって、御目付さまにお目通り願いたいのだが」

「しばし、お待ちを」

そう言い残し、慌てた様子で小出は奥へむかった。

待つまでもなく、小出はもどってきて、

「殿はお会いなさるそうでござる。…さ、入ってくだされ」

小出は腰を低くして、市之介たちを招じ入れた。

ふたりが通されたのは、庭に面した書院だった。市之介が大草と会うおりに使われる座敷である。

ふたりが座敷でいっとき待つと、障子があいて大草が姿を見せた。小紋の小袖を着流していた。下城後、着替えてくつろいでいたのだろう。

「大事な報らせとな」

対座すると、すぐに大草が切り出した。

「御納戸組頭、多賀要蔵にかかわる一件、おおかたの探索を終えましてございます」

糸川が重い口調で言った。

「話してみろ」

「ハッ、有馬さまの殺害の件からお話しいたします」

そう切り出し、糸川は多賀と筒井屋のつながりと水増しの件を話し、そのことに気付いた多賀が有馬を口封じのために殺したことを話した。

「なんとも、悪辣な男よのう」

大草の顔が、かすかに赤みを帯びた。怒りが込み上げてきたらしい。

「だが、多賀が自ら手を下したわけではあるまい。それに、高木と佐々野を斬った下手人もおろう」

大草が訊いた。

「多賀の指図で、兇刃《きょうじん》をふるっていたのは三人でございます」

糸川が、横川、伊勢田、小杉の三人の名をあげ、「高木と佐々野を斬ったのも、その者たちのようでございます」と言い添えた。

「三人は、幕臣か」

「横川は牢人のようです」

糸川が、三人の身分を言い添えた。

そのとき、市之介が、

「伯父上、願いがございます」

と、身を乗り出すようにして言った。

「なんだ、市之介」

大草が市之介に顔をむけた。

「三人はいずれも手練でございます。捕らえるとなると、御目付筋の者から多数の犠牲者が出ると思われます」

「それで？」

「小杉はともかく、横川と伊勢田の始末はそれがしに任せていただきたいのです」

「どうするつもりだ」

「斬る所存にございます」

市之介が大草を見すえて言った。

大草は思案するように、いっとき虚空《こくう》に目をむけていたが、

「斬れるか」

と、訊いた。鋭い眼光で、市之介を見つめている。市之介の胸の内の勝算を読み取ろうとしているのかもしれない。

「かならず」

そう言ったが、斬れる自信はなかった。ただ、市之介は横雲の剣と切っ先を合わせたときから、勝負を決したいと腹をかためていたのだ。

「やってみるがよい」

大草が重いひびきのある声で言った。

第五章　死闘

1

市之介は、気になっている男がひとりいた。勇次である。糸川たちは、幕府の目付筋という立場上、町人の勇次にはあまり関心がないようだったが、市之介としてはきっちり始末をつけたいと思っていたのである。

それに、徳兵衛が、勇次は柳橋の船宿で船頭をしていたらしいと口にしていたので、船宿をあたれば、塒《ねぐら》もつきとめられるのではないかとみていたのだ。

勇次のことを茂吉に話すと、

「旦那さま、柳橋の船宿をあたれば、すぐつきとめられやすぜ。あっしもお供しやしょう」

と、乗り気になって言った。

「これから、行くか」

市之介もその気になった。

四ツ（午前十時）ごろだった。これから行けば、今日のうちに勇次の埒がつきとめられるかもしれない。

市之介は茂吉を連れて屋敷を出た。

ふたりは神田川沿いの道をたどって、柳橋の大川端まで歩いた。

大川の川面は、初夏の陽射しを浴びて黄金色《こがねいろ》にかがやいていた。猪牙舟、屋形船、艀《はしけ》などが、ゆったりと行き来している。陽射しは強かったが、川面を渡ってきた風には涼気があり、汗ばんだ肌に心地好かった。

「さて、どうするな」

市之介が、川岸に足をとめて言った。

「旦那さま、近くの船頭に訊くのが早《はえ》えや」

そう言って、茂吉は川沿いに目をやり、

「あそこに、桟橋がありやすぜ」

と言って、前方を指差した。

見ると、三町ほど先に桟橋があった。遠方ではっきりしないが、数艘の猪牙舟が舫《もや》ってあるようである。

「船頭もいるようですぜ」

なるほど、桟橋の上に人影があった。半纏《はんてん》に股引姿だった。船頭らしい。

市之介は茂吉を連れて、桟橋に行ってみた。船頭らしき男がふたりいた。ふたりは猪牙舟の船底に茣蓙《ござ》を敷いたり、莨盆《たばこぼん》の掃除をしたりしていた。近くの船宿の船頭であろう。客を乗せる準備をしているようだ。

市之介は手前の舟にいた若い船頭に近寄り、

「船頭」

と、声をかけた。

「へえ」

船底に四つん這《ば》いになっていた男は、首を伸ばして市之介を見た。その顔に訝《いぶか》しそうな表情が浮いた。市之介たちが、客には見えなかったからであろう。

「つかぬことを訊くが、この近くで船頭をしていた勇次という男を知らんか」

市之介が訊いた。

「勇次ですかい」

男は首をひねった。知らないらしい。

すると、脇から茂吉が口をはさんだ。

「知ってるはずだぜ。柳橋の船宿で船頭をしてた男だ」

「おれは、船頭になってまだ半年なのだ」

男はそう言うと、桟橋の先の方に舫ってある舟にいた別の船頭に、

「利根造《とねぞう》さん、勇次って男を知ってるかい」

と、声をかけた。

「勇次がどうした？」

利根造が怒鳴り声を上げた。桟橋の杭を打つ流れの音で、声が掻き消されてはっきり聞こえなかったらしい。

市之介は桟橋の先の方へ移動し、あらためて勇次という男を知っているか、利根造に訊いた。

「一年ほど前まで、浜野屋《はまのや》に勇次ってえ船頭がいやしたぜ」

利根造が言った。四十がらみの顔の浅黒い男だった。

浜野屋は、一町ほど先にある船宿だという。勇次は一年ほど前に船頭をやめたそうである。

「いまは、どこにいる」

知りたいのは、勇次の塒である。

「さァ、どこにいるやら」

利根造は、浜野屋の船頭に訊きゃァ分かるはずですぜ、と言い添えた。

「浜野屋の船頭には、どこへ行けば会える」

「浜野屋の裏手に桟橋がありまさァ。そこに、行ってみなせえ」

利根造が上流を指差した。

岸から突き出した桟橋が見えた。その桟橋の脇に、船宿らしい店がある。その店が浜野屋であろう。

「手間を取らせたな」

市之介はふたりの船頭に礼を言って、桟橋から通りにもどった。

浜野屋の裏手の桟橋には、三艘の猪牙舟が舫ってあった。その舟の船梁に腰を下ろして莨をくゆらせている男がいた。五十半ばであろうか、鬢《びん》や髷《まげ》に白髪が混じっていた。陽に灼《や》けた肌が、赭《あか》黒くひかっている。

「浜野屋の船頭か」

市之介が声をかけた。

「へい」

男が首をすくめるようにして返事した。手にした煙管《きせる》の雁首《がんくび》から白い煙が流れ出、吸い込まれるように川風に散っていた。

「わけあって、勇次という男を探しているのだ」

市之介が言った。

「……」

男は煙管を手にしたまま市之介に目をむけている。その顔に警戒の表情があった。市之介の正体が知れないからであろう。

「浜野屋で船頭をしていた勇次だ」

さらに、市之介が訊いた。

「勇次なら、一年前《めえ》にやめやしたぜ」

男が煙管の雁首を船縁でたたいた。雁首から灰が落ち、水面でジュッという音をたて、一瞬で灰が水のなかに掻き消えた。

「いま、どこにいる」

「情婦《いろ》のところにいると思いやすぜ」

男が口元に薄笑いを浮かべて言った。

「情婦の名は？」

「お峰《みね》でさァ」

「店の名は分かるか」

「辰巳屋《たつみや》ってえ飲み屋でさァ」

男によると、材木町の大川端に赤提灯をつるした飲み屋があるという。その店を切り盛りしているのがお峰だそうだ。もっとも、お峰のほかには、通いの婆さんが手伝っているだけの小体な店だという。

「手間をとらせたな」

市之介は茂吉を連れて桟橋を離れた。それだけ分かれば、辰巳屋はつきとめられると踏んだのである。

2

市之介と茂吉は、大川沿いにそば屋を見つけ、腹拵《ごしら》えをしてから浅草材木町にむかった。材木町は、浅草寺近くの大川端にひろがる町である。

材木町に入ってから目に付いた酒屋に立ち寄り、辰巳屋のことを訊くとすぐに分かった。吾妻橋から一町ほど下流の大川端にあるという。

「旦那さま、あれですぜ」

大川端を歩きながら、茂吉が指差した。

店先に赤提灯が下がっていた。小体な店で、座敷はないようだった。店先まで行ってみると、提灯に辰巳屋と記してあった。まだ客はいないらしく、店から物音も話し声も聞こえなかった。

「どうするな」

店に入って話を訊くわけにはいかなかった。勇次がいるかもしれないのだ。

「近所で訊いてみやしょう」

茂吉が言った。

ふたりは手分けして、通り沿いで聞き込んでみることにした。

市之介は辰巳屋の斜向かいに八百屋があるのを目にした。近付いて店先から覗くと、漬物樽の並んだそばに、ねじり鉢巻き姿の親爺《おやじ》がいた。漬物石を動かしている。なかは薄暗く他に人影はなかった。

「親爺」

市之介が声をかけた。

「へい」

威勢のいい返事をして親爺が店先に出てきたが、市之介を見て、顔をこわばらせた。羽織袴姿で二刀を帯びたれっきとした武士が立っていたからであろう。

「つかぬことを訊くがな」

「へえ……」

親爺の体から漬物の匂いがした。

「そこに、辰巳屋という店があるな」

「ありやす」

親爺の顔に不審と不安の入り交じったような表情が浮いた。

「勇次という男が出入りしているはずだが、知っているかな」

「噂は聞いていやす」

親爺が小声で答えた。

「いまも、いるのか」

「さァ、そこまでは分からねえ」

親爺は首をひねったが、口元に卑猥《ひわい》な笑いが浮いていた。親爺は、勇次がお峰の情夫であることを知っているようだ。

「勇次は、よく店にくるのか」

「入り浸《びた》ってるってえ噂ですがね。あっしは、店に入《へえ》ったこともねえんで、くわしいことは知らねえんでさァ」

「そうか」

市之介は親爺に礼を言って店を出た。それ以上訊いても、勇次がいるかどうか分からないと踏んだのである。

それから、市之介は通り沿いの店に立ち寄って話を訊いたが、八百屋の親爺から訊いたこと以外のことは出てこなかった。

辰巳屋の近くにもどると、茂吉が路傍に立って待っていた。

茂吉は市之介の姿を見ると、駆け寄ってきて、

「だ、旦那さま、分かりやしたぜ」

と、声をつまらせて言った。

「歩きながら話そう」

市之介は辰巳屋から離れるように下流にむかって歩きだした。立ち話をするには、辰巳屋に近過ぎると思ったのである。

「勇次は、店にいるようですぜ」

辰巳屋から半町ほど離れたところで、茂吉が言った。

「いまもいるのか」

「へい、魚屋の親爺が言ってやした」

茂吉が話を訊いた魚屋の親爺が、昨夜客として辰巳屋に行き、勇次がいるのを目にしたことを口にしたという。

「いるとみていいようだな」

市之介も、八百屋の親爺から、勇次は辰巳屋に入り浸っているようだと聞いていた。そうしたことを考え合わせると、勇次は辰巳屋で寝起きしているとみていいのではあるまいか。

「やつを、ひっくくってやりやしょう」

茂吉が意気込んで言った。

「そうだな」

市之介は勇次を捕らえようと思っていた。多賀や横川たちが、今後何をしようとしているのか、勇次から訊き出すつもりだったのだ。それに、横川の隠れ家を吐かせれば、本郷へ出かけて探す手間がはぶけるだろう。

……佐々野の手を借りよう。

と、市之介は思った。手を借りるというより、納屋を借りたかったのだ。捕らえた勇次を吟味し、しばらくの間監禁しておく場が必要だったのである。

翌日の夕暮れ時、市之介、茂吉、彦次郎の三人は、材木町に足を運んでいた。勇次を捕らえるためである。

「店をひらいているようだな」

辰巳屋の軒下につるした赤提灯が夕闇を照らしていた。客がいるらしく、店先から男の談笑の声が洩れている。

「勇次はいるかな」

辰巳屋で寝起きしているようだが、たまたま今日は店にいないかもしれない。

「あっしが、覗いてきやしょうか」

茂吉が言った。

「待て、店の客がひとりぐらい出てくるだろう」

客に訊いてみれば、勇次が店にいるかどうかすぐに分かるだろう。それに、仕掛けるにはまだ早過ぎた。

三人は大川の川岸に引き上げてあった廃舟の陰に身を隠した。しばらく経《た》つと、辺りは夜陰につつまれ、大川端を歩く人影もほとんど見られなくなってきた。頭上で、弦月《げんげつ》が皓々《こうこう》とかがやいている。足元の汀《みぎわ》に打ち寄せる大川の流れの音が、耳を聾《ろう》するほどに聞こえてきた。

「出てこねえなァ」

茂吉がうんざりしたような顔で言った。

「そうだな、店を覗いてみるか」

市之介が、そう言ったときだった。

辰巳屋の腰高障子があいて、人影が出てきた。黒の半纏に股引姿の男である。酔っているらしく、足元がふらついていた。

「旦那さま、あっしが訊いてきやすぜ」

そう言うと、茂吉は廃舟の陰から通りへ出た。

茂吉は男に近寄り、何やら話しかけた。ふたりは立ったまま言葉を交わしている。

男が、「とっつァん、あばよ」と大声で言い、ふらふらしながら川下の方へ歩きだした。

茂吉がもどってきた。

「勇次は店にいやすぜ」

茂吉が目をひからせて言った。

3

「客のことも分かったか」

市之介が茂吉に訊いた。

「三人飲んでるそうですぜ」

「三人か」

市之介が思案するような顔をした。店に踏み込んで勇次を捕らえるとなると、大騒ぎになるだろう。

「旦那さま、出てくるのを待つなんて、言わねえでしょうね」

茂吉が眉宇《びう》を寄せて言った。待つのに、うんざりしているようだ。

「店の外に呼び出すか」

「あっしがやりやしょう」

茂吉が意気込んで言った。

「茂吉に頼むか」

市之介は、茂吉に、横川の名を使って店の外へ連れ出すように話し、

「手ぬぐいで頰っかむりして顔を隠すんだぞ」

と、言い添えた。

市之介と茂吉は、勇次に尾《つ》けられたことがあった。勇次が茂吉の顔を覚えているかもしれないのだ。

「へい」

すぐに、茂吉は懐から手ぬぐいを出して頰っかむりした。

「それからな、勇次に横川とのかかわりを訊かれたら、横川道場で下働きをしていたとでも言え」

市之介が念を押すように言った。

「承知しやした」

茂吉がうなずいた。

茂吉が辰巳屋にむかうと、市之介と彦次郎は、すこし遅れて店の両脇の暗がりに身をひそめた。

いっとき待つと、腰高障子があいて、まず茂吉が姿を見せた。茂吉は戸口に立ち、

「横川の旦那が、そこまで来てるはずですぜ」と振り返って声をかけた。すると、

茂吉の後ろから人影があらわれ、「店に入ってくりゃァいいのに」と言って、店の外に出てきた。痩身だった。勇次である。

市之介は勇次に、敏捷そうな雰囲気を見て取った。

「ほら、そこにいやすぜ」

茂吉が川岸の方へ歩きかけた。

茂吉の言葉に釣られるように、勇次が茂吉の後について店の戸口から離れた。

市之介は抜刀し、刀を峰に返すと、いきなり暗がりから飛び出した。すこし遅れて、戸口の反対側から彦次郎が走り出し、勇次の背後へまわり込んだ。

一瞬、勇次がギョッとしたように立ちすくんだ。

だが、次の瞬間、

「てめえは！」

と叫びざま、懐から匕首《あいくち》を取り出して身構えた。背後にまわった彦次郎にも気付いたようだ。逃げられない、と咄嗟に判断したらしい。

市之介が勇次の前に急迫した。

「やろう！」

甲走った声を上げ、勇次が匕首を前に突き出すように構えてつっ込んできた。

オオッ！

と声を上げ、市之介が刀身を撥《は》ね上げた。

キーン、と甲高い金属音がひびき、勇次の手にした匕首が虚空に撥ね飛んだ。市之介が刀身で匕首をはじき上げたのである。

次の瞬間、市之介は刀身を横に払った。一瞬の流れるような太刀捌《さば》きである。

ドスッ、というにぶい音がし、勇次の上体が前にかしいだ。峰打ちが勇次の腹を強打したのだ。

勇次はがっくりと両膝を折って、その場にうずくまった。腹を押さえて呻き声を上げている。

茂吉と彦次郎が駆け寄ってきた。

「縛り上げて、猿轡《さるぐつわ》をかませろ」

市之介が言った。

坂本のときと同じように、勇次の両手を後ろに取って縄をかけ、猿轡をかませた。

そして、人影のない裏路地や新道をたどり、夜陰に紛れて勇次を彦次郎の家の納屋に連れていった。

燭台の火に、市之介、彦次郎、茂吉、それに猿轡をかませられた勇次の顔が浮かび上がっていた。もうひとり、納屋には捕らえられた坂本がいたのだが、いまは納屋の外の庭木に縛り付けてあった。納屋が狭かったので、勇次の訊問が終わるまで外に出しておいたのである。

「猿轡を取ってくれ」

市之介が言うと、すぐに茂吉が勇次の猿轡を取った。

勇次は悲鳴も喚き声も上げなかった。恐怖に顔をひき攣《つ》らせて、市之介を見つめている。

「ここに、もうひとり捕らえられている。坂本峰吉だ」

市之介が勇次を見据えて言った。

燭台の火に浮かび上がった市之介の顔は、いつもとちがっていた。目尻の下がった茫洋とした面貌《おもて》ではない。表情がひきしまり、双眸が燭台の火を映して血を含んだように赤くひかっていた。夜叉《やしゃ》を思わせるような凄味がある。

「……やっぱり、旦那たちでしたかい」

勇次が声を震わせて言った。

「おまえたちが何をしたか分かっている。……ここで、おまえの首を落としても、文句はないだろう」

市之介は坂本がすべて白状したことを臭わせた。そうした方が、勇次がしゃべると踏んだのである。

「だ、旦那、勘弁してくだせえ。あっしは、頼まれて使いっ走りをしただけでさァ」

「おまえが、手を出していないことも知っている」

「それじゃァ、あっしを帰《けえ》してくだせえ」

勇次が言った。

「帰してもいいが、おまえ次第だ」

「へえ……」

勇次が上目遣いに市之介を見た。目に媚《こ》びるような色がある。

「多賀と横川だが、次は何をたくらんでいるのだ」

市之介が低い声で訊いた。

「し、知らねえ」

「話す気がないか。では、首を落とすしかないな」

市之介がゆっくりと刀を抜いた。

「ま、待ってくれ。……おれは、ほんとに知らねえんだ」

「いや、知らないはずはない。横川や菊山たちが話しているのを聞いているはずだ。島蔵を殺した後、筒井屋はどうするつもりなのだ」

市之介が勇次を見据えて訊いた。

「あるじの徳兵衛を脅して、金を出させると言ってやした」

勇次が小声で言った。

「脅しても、金を出さなかったらどうする」

横川たちは次の手も考えているはずである。

「徳兵衛の倅《せがれ》の松太郎《まつたろう》を攫《さら》うと話してやした」

「倅に目をつけたか……」

市之介は、徳兵衛には十二歳になる松太郎という倅がいると聞いていた。横川たちは、その倅を脅しに使うつもりらしい。

……横川たちが、松太郎を攫う前に、始末をつけねばならないな。

と、市之介は思った。身《み》の代金《しろきん》はともかく、人質を取られると厄介である。

「他に、何をやる気だ」

さらに、市之介が訊いた。

「旦那たちのことでさァ」

そう言った勇次の口元に薄笑いが浮いたが、すぐに消えた。

「おれたちをどうするつもりだ」

「へえ……、ひとり、ひとり、始末するそうで」

勇次が首をすくめながら言った。

……どちらが早いかだな。

市之介も、横川、伊勢田、小杉の三人をひとりずつ始末するつもりでいた。まず、伊勢田である。ただし、小杉だけは、糸川たちに任せるつもりだった。

「勇次、おまえは横川とも連絡を取っていたな」

市之介は別のことを訊いた。

「………」

勇次がちいさくうなずいた。

「横川の住処は本郷のどこにある」

「加賀さまのお屋敷の近くでさァ」

「前田さまの屋敷はひろい。近くといっても、分からん」

すでに、徳兵衛から加賀藩の上屋敷の近くだと聞いている。

「中山道沿いに慶林寺《けいりんじ》ってえ寺がありやす。その寺の脇の路地の先でさァ」

勇次によると、路地を一町ほど入ると四辻があり、その一角の借家が横川の住処だという。

「そうか」

まちがいないようだ、と市之介は思った。徳兵衛が話していたのと一致するのだ。

市之介が口をつぐんでいると、勇次が、

「旦那、あっしを帰してくだせえ。……横川さまたちとは手を切りやすから」

と、市之介を上目遣いに見て言った。

「帰してもいいが、しばらくこの納屋で坂本と暮らすんだな」

市之介は、勇次を解放してもいいと思っていた。ただ、いまはまずい。横川たちの許に駆け込むだろう。

「坂本の旦那とここで……」

勇次は、坂本の姿を探すように納屋の深い闇に目をやった。燭台の火に浮かび上がった勇次の顔に、不安と困惑の翳《かげ》がはりついている。

4

夕陽が家並の向こうに沈みかけ、大川端の道に長い影が伸びていた。風があり、大川の川面に無数の白い波飛沫《しぶき》がたっていた。川面が荒れているせいか、いつもより船影がすくなかった。波間に、数艘の猪牙舟と荷を積んだ艀が見えるだけである。

そろそろ暮れ六ツであろうか。大川端沿いの通りには、ちらほら人影があったが、風を避けるように前屈《かが》みになって足早に通り過ぎていく。

浅草諏訪町の大川端に、市之介と糸川の姿があった。伊勢田を斬るつもりで来ていたのである。

市之介はひとりで来るつもりだったが、市之介の家に立ち寄った糸川に話すと、

「おれも、行く」

と言って、ついてきたのだ。糸川は市之介が伊勢田に後れを取るとはみないはずだが、万一ということもあると懸念したようだ。

二人の立っている場所から、半町ほど先に小料理屋の駒田屋があった。すでに、茂吉が来ていて店の様子を探っているはずである。おそらく、茂吉は店の脇の板壁に身を張り付けてなかの様子をうかがっているのだろう。

それからいっときし、辺りが淡い暮色に染まってきたとき、

「茂吉が来たぞ」

糸川が小声で言った。

見ると、駒田屋の方から茂吉が小走りに近付いてきた。市之介たちの姿を目にしたようである。

「旦那さま、伊勢田はいるようですぜ」

茂吉が目をひからせて言った。

店のなかから、女と男のやり取りが聞こえ、女が、「伊勢田の旦那」と呼ぶ声が聞こえたという。

「客は多いようか」

市之介は、客が大勢いると、騒ぎが大きくなると思ったのである。

「はっきりしねえが、いても二、三人ですぜ」

茂吉によると、店のなかから町人らしい男の声も聞こえたという。

「そうか」
二、三人なら大騒ぎになることもあるまい、と市之介は踏んだ。
「店に踏み込みやすか」

茂吉が訊いた。

「もうすこし待とう」

まだ、大川端にはぽつぽつと人影があった。できれば、通行人のないときに立ち合いたかったのだ。

半刻(一時間)ほど過ぎた。大川端は夜陰につつまれ、人影もほとんど見られなくなった。頭上は満天の星だが、さらに風が強くなり、川面を渡る風がヒュウヒュウと物悲しい音をたてていた。

「仕掛けるぞ」

市之介が、ゆっくりとした歩調で歩きだした。すぐ後を、茂吉と糸川が跟《つ》いてくる。

駒田屋の戸口の掛け行灯の灯《ひ》が、夜陰を照らしていた。店に近付くと、かすかに男のくぐもったような声が聞こえてきた。

「旦那さま、あっしも助太刀しやすぜ」

茂吉が顔をこわばらせて言った。立ち合いを前にして心配になったらしい。

「手出し無用」

市之介は静かな声で言った。伊勢田に後れを取るとは思っていなかった。強敵は、伊勢田より横雲の剣を遣う横川である。

駒田屋の店先まで来ると、市之介は足をとめ、

「川岸近くにいてくれ」

と、糸川と茂吉に言った。

「承知」

すぐに、糸川は店先から離れた。茂吉は心配そうな顔で、後じさっていく。

市之介は戸口の格子戸をあけた。

なかは薄暗かった。土間の隅の燭台と追い込みの座敷に置かれた燭台がぼんやりと店内を照らしている。

土間の先が、追い込みの座敷になっていた。間仕切りの衝立《ついたて》があり、客らしい三人の人影があった。

「いらっしゃい」

追い込みの座敷にいた女が、衝立の上に首を伸ばして声をかけた。市之介のことを客と思ったようだ。

燭台の灯に浮かび上がったのは色白の年増《としま》だった。おそらく、お静であろう。

……あの男が、伊勢田だ！

市之介は、お静らしい女と飲んでいる男を目にとめた。顔は見えなかったが、中背で痩身だった。神田川沿いで、市之介を襲ったひとりである。

「伊勢田！　青井だ」

市之介が声を上げた。

伊勢田が、顔をむけた。燭台の灯に、神田川沿いで目にした顔が浮かび上がった。

一瞬、伊勢田は動きをとめて、市之介を凝視したが、

「青井か」

と、低い声で言うと、脇に置いてあった刀を手にして立ち上がった。

お静は腰を浮かした格好のまま凍りついたように身を硬くしている。他にふたりの客がいた。職人か大工といった感じのふたり連れである。ふたりの男も、異変を感じ取ったらしくこわばった顔を市之介にむけていた。

「伊勢田、表へ出ろ」

さらに、市之介が言った。

「ひとりか」

伊勢田は、追い込みの座敷に立ったままである。臆した表情はなかった。ふてぶてしい顔をしている。

「ひとりだ。立ち合いを所望」

「……」

伊勢田は動かなかった。どうするか、逡巡しているようだ。

「臆して逃げるつもりなら、この場で踏み込んで、斬ってもいいぞ」

市之介は左手で刀の鍔元《つばもと》を握って鯉口《こいくち》を切り、右手を刀の柄《つか》に添えた。抜刀体勢を取ったのである。

「よかろう」

伊勢田は、ゆっくりと戸口の方へ近付いてきた。

市之介は抜刀体勢を取ったまま後じさり、戸口の敷居をまたいで表へ出た。敵に背を見せれば、斬り込まれる恐れがあったのだ。

伊勢田は、三間余の間合を保ったまま市之介につづいて戸口から出た。

5

大川端は夜陰につつまれていたが、星空で頭上には月が出ていた。立ち合いには、支障のない明るさである。

ただ、強風が吹いていて、袂《たもと》が揺れ、袴の裾が足にからまった。

市之介は、伊勢田と向き合ったまますばやく袴の股だちを取った。伊勢田も同じように股だちを取った。袴の裾が足に絡まると、戦いづらいのである。

「よく、おれの居場所が分かったな」

伊勢田が細い目で市之介を見据えながら言った。

「おぬしだけではない。横川も、小杉の住処もつかんでいる」

市之介は、右手を刀の柄に添えた。

「だれか、吐いたか」

伊勢田も、右手を柄に添えて抜刀体勢を取った。

「おぬしたちは、目付筋の者たちを侮《あなど》ったようだな」

市之介がそう言ったとき、伊勢田が、ハッとしたように川岸の方へ目をやった。

人の気配を察知したらしい。

「騙《だま》し撃ちか！」

伊勢田の顔が、憤怒でゆがんだ。川岸に立っている糸川と茂吉の姿を目にしたのだ。

「ふたりは、検分役だ。手出しはせぬ」

言いざま、市之介は抜刀した。

「おのれ！」

伊勢田も抜いた。

ギラリ、と伊勢田の刀身が月光を反射《はね》てひかった。

市之介は八相に構えた。刀身を垂直に立て、切っ先で天空を突くように高く取った。大樹のような大きな構えである。

対する伊勢田は青眼だった。腰が据わり、切っ先がピタリと市之介の目線につけられている。

……なかなかの構えだ。

伊勢田の剣尖《けんせん》には、そのまま眼前に迫ってくるような威圧があった。それに、構えに硬さがなかった。多くの真剣勝負の修羅場《しゅらば》をくぐってきた者の持つ鋭さと凄味がある。

ふたりの間合はおよそ四間（約七・二メートル）。まだ、遠間《とおま》である。

八相と青眼に構えたまま動きをとめていた。ふたりの手にした刀身が、夜陰のなかで銀蛇《ぎんだ》のようにひかっている。

強風が顔に吹き付け、袴の裾を揺らしていた。ふたりはいっとき気魄《きはく》で攻め合っていたが、伊勢田が足裏で地面を擦《す》るようにして間合をつめ始めた。

市之介は動かない。気を鎮《しず》めて、伊勢田の斬撃の起こりを読んでいる。

ジリジリと間合が狭《せば》まってきた。それにつれ、痺《しび》れるような剣気がふたりをつつみ、気魄が高まってくる。

ふいに、伊勢田が寄り身をとめた。一足一刀の間境《まざかい》の半歩手前である。伊勢田は微動だにしない市之介に威圧を感じ、それ以上間合をつめられなかったのだ。

伊勢田は全身に激しい気勢を込め、切っ先に斬撃の気配を見せた。気攻めである。気魄で攻めて、市之介の心を乱そうとしたのだ。

だが、市之介は動じなかった。高い八相に構えたまま身動《みじろ》ぎもしない。

ふたりは動きをとめたまま、気で攻め合っている。

異様に剣気が高まってきた。

潮合《しおあい》である。

オアッ！

突如、伊勢田が裂帛《れっぱく》の気合を発した。

次の瞬間、伊勢田の体が躍動し、閃光がはしった。

青眼から真っ向へ。

間髪をいれず、市之介の体が躍《おど》った。

切っ先が稲妻のように大気を劈《つんざ》いた。八相から袈裟へ。神速の一刀だった。

真っ向と袈裟。ふたりの刀身が眼前で合致し、夜陰に青火が散って、刀身がはじき合った。

刹那《せつな》、ふたりは二の太刀をはなった。一瞬の反応である。

市之介が背後に跳びざま、突き込むように籠手《こて》へ斬り込み、伊勢田は脇へ体をひらきながら胴を払った。

ザクッ、と市之介の脇腹の着物が裂けた。

伊勢田の切っ先が、とらえたのである。だが、肌まではとどかなかった。着物を裂かれただけである。

一方、伊勢田の右手の甲の肉が裂け、激しい勢いで血が流れ出た。市之介の切っ先が伊勢田の右手の甲をえぐったのだ。

ふたりは、大きく間合を取って、ふたたび八相と青眼に構え合った。

伊勢田の右手の甲から、赤い筋を引いて血が流れ落ちている。

「おのれ!」

伊勢田の顔が憤怒と興奮とでゆがんだ。

切っ先が小刻みに震えている。手傷を負ったことで、気が異常に昂《たかぶ》り、体が緊張して震えだしたのだ。

だが、伊勢田の闘気は衰えなかった。全身に激しい気勢を込めて間合をつめてくる。市之介の目線につけられた切っ先が眼前に迫ってきた。その切っ先が昆虫の触手のように震え、大気のなかで喘《あえ》ぐように揺れている。

と、市之介も動いた。

つっ、つっ、と爪先《つまさき》で地面を擦りながら、間合をつめていった。ふたりの間合が、お互いで引き合うように狭まっていく。

市之介の爪先が斬撃の間境にかかった刹那、市之介の全身に斬撃の気がはしった。

八相から真っ向へ。渾身の一刀である。

瞬間、伊勢田が反応した。市之介の斬撃を受けようと、刀身を横に上げたのだ。

ガチッ、という金属音がひびき、ふたりの刀身が伊勢田の額の上で合致した。次の瞬間、伊勢田の刀身が沈み、市之介の切っ先が伊勢田の額に食い込んだ。市之介の強い斬撃が伊勢田の刀身を押し下げたのだ。

伊勢田が市之介の斬撃を受け切れなかったのは、右手の傷で体が硬くなり、一瞬反応が遅れて刀身が十分上げられなかったせいもあっただろう。

伊勢田の額が割れ、血が火花のように飛び散った。

グワッ、という悲鳴を上げ、伊勢田がよろめいた。両眼を目尻が裂けるほど見開き、口を大きくひらいている。血が噴《ふ》き出し、顔を真っ赤に染めていく。

血まみれの顔から、両眼が白く飛び出したように見えた。凄まじい形相である。

伊勢田は血を撒《ま》きながら泳ぎ、足がとまると、体の向きを変えようとした。だが、腰がくずれ、よろめいて転倒した。

伊勢田は地面につっ伏した。手足を動かし、首をもたげて地面を這おうとしたが、すぐにもたげていた首が落ちた。いっとき、伊勢田は体を痙攣《けいれん》させていたが、伏臥《ふくが》したまま動かなくなった。絶命したようである。

市之介は刀身をひっ提《さ》げたままつっ立っていた。息が荒かった。吐く息とともに昂った気が鎮まり、体を駆けめぐっている血が鎮まっていく。

「旦那さまァ！」

茂吉が駆け寄ってきた。糸川も歩み寄ってくる。

「やりやしたね」

茂吉が倒れている伊勢田に目をやりながら興奮した声で言った。

「伊勢田も遣い手だったな」

糸川が言った。糸川も剣の達者なので、伊勢田の腕のほどが分かったのだろう。

「一寸の差だ。伊勢田の切っ先が、一寸伸びていたら腹をえぐられていた」

市之介が着物の裂けた脇腹を押さえて言った。

「この死体、ここに放置しておけんな」

糸川が死体に目をやって言った。明日になれば、大勢の通行人が通るだろう。

「川岸の叢《くさむら》に引き摺《ず》り込んでおきやすか」

茂吉が言った。

「そうしよう」

市之介たち三人で伊勢田の手足を持って、川岸の叢のなかに引き込んだ。

「長居は無用」

市之介につづいて、茂吉と糸川がその場を離れた。

三人は強風の吹く大川端を足早に歩いた。月が皓々とかがやき、地面に落ちた三人の短い影が跳ねるようについていく。

6

「横川との間合は、三間半だ」

市之介が言った。

「はい」

彦次郎が、真剣を手にして青眼に構えている。

青井家の屋敷の庭だった。市之介と彦次郎は、襷で両袖を絞り、袴の股だちを取って真剣を手にしていた。横川の横雲の剣を破る工夫をしていたのである。

伊勢田を斃《たお》して三日経っていた。一昨日、市之介は彦次郎に会い、横川を討つつ

もりだと話すと、

「わたしも、くわえていただけませんか。兄の敵を討つために、せめて、横川に一太刀なりともあびせたいのです」

と、強く懇願された。

「承知した」

市之介は初めからそのつもりで彦次郎に話したのだ。兄宗助の跡目《あとめ》を継がせてやるためにも、彦次郎に敵を討たせてやりたかったのだ。

そのとき、市之介が、横雲の剣を破るのは容易でないことを話すと、

「青井さま、剣術の指南をしていただけませんか」

と、彦次郎が言い出したのだ。

市之介は承知し、昨日から彦次郎を屋敷の庭に呼んで、剣術の指南を始めたのだ。指南といっても、数日で上達するはずはなかった。

市之介は、横川と立ち合うおりの彦次郎の位置と間合、それにいつ斬り込むか、それだけを指示しておこうと思ったのだ。

「肩の力を抜いて、切っ先をもうすこし低く構えろ」

彦次郎の切っ先が浮いていた。緊張して肩に力が入り、青眼の構えが高くなって

いるのだ。

彦次郎は三年ほど剣術道場に通っていたとのことで、構えも様《さま》になっていたし、太刀筋も悪くなかった。ただ、竹刀による道場の稽古だけだったので、真剣勝負となると、素人《しろうと》とそれほど変わりはないだろう。

「はい」

彦次郎は刀身をすこし下げた。切っ先が敵の目線あたりに付けられている。

「それでいい」

市之介は下段に構えた。

これまで、市之介は横雲の剣を想定した独《ひと》り稽古《げいこ》で、青眼、八相、上段などに構えてみたが、横川の脇構えには、対処できないとみていた。それで、下段に構えようと肚《はら》をかためていたのだ。

「その間合を保て」

市之介が言った。

「はい」

「おれが、斬れ、と声をかけたら、振りかぶりざま袈裟に斬り込むのだ」

市之介は、彦次郎が迂闊《うかつ》に横川と斬撃の間境に踏み込めば、斬られるとみていた。

彦次郎には、まだ横川の斬撃は受けられないだろう。

彦次郎は顔をこわばらせたままうなずいた。彦次郎も、横川が並の遣い手でないことは分かっていたのだ。

それから、ふたりは想定した横川の横雲の剣に対し、それぞれの立つ位置や間合を確認し、斬り込む機をとらえるべく、いろいろ試してみた。

小半刻（三十分）ほどしたとき、廊下に面した障子があき、つると佳乃が姿を見せた。茶道具を持っている。

「市之介、佐々野どの、お茶がはいりましたよ」

つるが、いつもの間延びした声で言った。

市之介は刀を納め、「一休みしよう」と彦次郎に声をかけた。

ふたりは、手ぬぐいで汗を拭きながら、縁先に近付いた。

佳乃が市之介と彦次郎が湯飲みに手を伸ばし、喉をうるおすのを見てから、

「兄上、何かあったのですか」

と、訊いた。

「何もないが」

「では、どうして、おふたりで剣術の稽古を始めたのです？」

佳乃は彦次郎の横顔に目をやりながら訊いた。

彦次郎の顔は紅潮し、汗がひかっていた。

「なに、佐々野が剣術の手解《てほど》きをしてくれというのでな。おれも、しばらく稽古をしてないので、やってみようと思い立っただけのことだ」

市之介は、彦次郎が兄の敵を討ちたがっていることも、大草の指示で御徒目付たちに手を貸して多賀たちの不正を探っていることも、つると佳乃には話していなかったのだ。

「では、これからも剣術の稽古をなさるのですか」

佳乃が身を乗り出すようにして訊いた。

「まァ、二、三日だな」

ここ二、三日のうちに、横川を討つつもりでいた。横川との立ち合いが終われば、稽古をする必要もなくなるのだ。もっとも、市之介が破れれば、稽古どころではない。

「二、三日だけなの……」

佳乃ががっかりしたように言った。剣術の稽古をしているうちは、彦次郎も家に来ると思ったようだ。

佳乃は端整な顔立ちの彦次郎を意識しているようだった。まだ、恋とは呼べない淡いあこがれのようなものだろう。佳乃は、まだ子供なのである。

「おふたりにも、いろいろ事情があるのでしょう。……やめても、また、稽古を始めるかもしれませんよ」

つるが、おっとりした物言いをして、市之介と彦次郎に目をむけた。

……母上は、気付いているのかもしれぬ。

と、市之介は思った。横川のことは知るまいが、市之介と彦次郎が真剣を振っているのを見て、ただの稽古ではないと感じ取ったのだろう。おっとりした性格だが、案外勘はいいのである。

市之介があらためてつるの顔を見ると、いつになく憂慮の翳《かげ》が濃いようである。

小半刻ほど、茶を飲んで体を休めると、

「さて、もうひと振りするか」

市之介が刀を手にして立ち上がった。

「はい」

彦次郎も立ち上がった。

初夏の陽射しが、庭に照り付けていた。ふたりの手にした刀身が、銀色《しろがねいろ》にひかっている。

第六章　四辻の仇討《かたき》ち

1

市之介は陽が西の空にまわったころ、ひとり屋敷を出た。つると佳乃には何も言わなかったが、横川を討つために本郷へむかったのである。

神田川沿いの通りへ出て筋違御門の前まで来ると、路傍に立っている糸川と彦次郎の姿が目に入った。ふたりとここで待ち合わせることになっていたのだ。

当初は、彦次郎とふたりだけで行くつもりだったのだが、伊勢田のときと同じように糸川が、おれも行く、と言い出したのである。

「待たせたか」

市之介がふたりに声をかけた。

「いや、ふたりともいま来たところだ」

糸川が言った。ふたりの顔はけわしかった。なかでも、彦次郎は緊張しているらしく、顔がこわばっていた。無理もない。初めて真剣勝負に挑むのだ。それも、相手は横雲の剣を遣う横川である。

「行こう」

市之介は湯島の方へ歩きだした。

三人は中山道を歩き、昌平坂学問所の裏手を通って本郷へむかった。

「横川は、いるでしょうか」

歩きながら、彦次郎が言った。

「いるはずだ。家から出れば、茂吉が知らせに来ることになっているのだ」

午後から茂吉は本郷へ出かけていた。横川の住む借家を見張るためである。横川が家にいなければ、市之介に知らせにもどることになっていたのだ。

陽は家並の向こうに沈み始めていた。そろそろ暮れ六ツ（午後六時）になるだろうか。街道はまだ旅人、駄馬を引く馬子《まご》、風呂敷包みを背負った行商人、供連れの武士などが行き交っていた。迫りくる夕闇に急《せ》かされるように足早に通り過ぎていく。

街道の右手に、前田家の屋敷が見えてきた。武家屋敷の向こうに殿舎の甍《いらか》が折り重なるように見えている。

「あれが、慶林寺だ」

市之介が指差した。

伊勢田を斃《たお》した後、市之介は茂吉とふたりで本郷に足を運び、慶林寺や横川の住む借家を確かめてあったのである。

市之介たちは慶林寺の山門の前で足をとめた。大きな寺ではなかったが、境内は鬱蒼《うっそう》とした杉や松などにかこまれていた。由緒のありそうな古刹《こさつ》である。

「ここにいてくれ。茂吉に様子を訊いてくる」

そう言い置いて、市之介は寺の脇の路地にむかった。

路地の左右は、小体な店や仕舞屋《しもたや》などがつづいていた。すでに、家の軒下や樹陰には夕闇が忍び寄り、路地沿いの店は表戸をしめている。路地に人影はなく、ひっそりとしていた。

西の空には、血を流したような残照がひろがっていた。その明りで、路地は淡い茜《あかね》色につつまれている。

一町（約百八メートル）ほど歩くと、ひろい通りに突き当たり、四辻になっていた。辻は意外にひろく、日中は人通りがあるのだが、いまはちらほら人影が見えるだけである。通り沿いの表店は、すでに店仕舞いしていた。

静寂が四辻をつつんでいた。西の空の残照で、辺りがほんのりと茜色に染まっている。足早に通り過ぎる人が、黒い影のように目に映った。

その四辻の角から、茂吉が小走りに近寄ってくる。市之介の姿を目にしたらしい。

茂吉は市之介に身を寄せると、

「横川はいやすぜ」

と、低い声で言った。

横川の住む借家は、四辻の右手の角にあった。板塀をめぐらせた仕舞屋である。

「ひとりか」

「妾《めかけ》といっしょのようでさァ」

「そうか」

市之介は住処を確かめに来たとき、近所で聞き込み、横川が飲み屋の酌婦だった女を連れ込んで、いっしょに暮らしていると聞いていた。

「糸川さまと佐々野さまは?」

茂吉が訊いた。

「慶林寺で、待っている」

「あっしが、呼んできやしょうか」

「そうだな」

ふたりを呼んできても、横川に気付かれるようなことはなさそうだった。

茂吉が慶林寺に向かうと、市之介はひとり四辻に近付いた。そして、横川の住む借家の板塀の陰に身を寄せた。小体な家である。

板塀の隙間からなかを覗くと、正面に狭い庭があった。庭に面して縁側があり、奥の障子がしめてあった。その座敷から、くぐもったような声がかすかに洩れてくる。

……いるようだ。

言葉は聞き取れなかったが、男の声であることは分かった。

市之介は、庭に目をやった。雑草におおわれた狭い庭だった。立ち合うには狭過ぎて無理である。

……やはり、辻しかないな。

立ち合う場は、辻しかないようだ。

市之介は四辻に目をやった。ときおり人が通ったが、もうすこし夕闇が濃くなれば、人影はなくなるだろう。

西の空に残照がひろがっていた。上空は闇が濃くなり、夜の色を深めている。

……残照を背にしよう。

と、市之介は思った。

相手の目を惑わすためもあったが、赤い血のような色は気を高揚させ、間合の読みを狂わせるかもしれない。

そのとき、背後でかすかな足音がし、人の近付く気配がした。

振り返ると、茂吉、糸川、彦次郎の姿があった。三人が足音を忍ばせて近付いてくる。

「どうだ」

糸川が声をひそめて訊いた。

「いるようだ」

「踏み込みますか」

彦次郎がこわばった顔で言った。

「いや、家のなかで立ち合うのは不利だ。その辻に呼び出そう」

「分かりました」

彦次郎が昂《たかぶ》った声で言った。

2

市之介は借家の戸口にまわった。彦次郎が跟《つ》いてくる。糸川と茂吉は、板塀の陰に身をひそめたままである。

引き戸は簡単にあいた。戸締まりはしていないようだ。土間があり、その先が狭い板敷の間になっていた。その奥に障子がたててあった。座敷になっているようだ。

家のなかは夕闇につつまれていた。障子がかすかに明らんでいる。さらに奥の座敷に行灯《あんどん》が点《とも》っているらしい。

話し声が聞こえた。男と女の声である。その声の遠さからみて、やはり一間置いた奥の座敷にいるようだ。

「横川晋兵衛! いるか」

市之介が声を上げた。

ハタと、話し声がやんだ。

物音も話し声も聞こえてこない。家のなかは深い静寂につつまれている。おそらく、横川は声の主を推測しているにちがいない。

「青井市之介だ！」

市之介が名乗ると、

「佐々野彦次郎！」

と、つづいて彦次郎が名乗りを上げた。

奥の座敷で、立ち上がる気配がし、「おまえさん、だれなの」という女の甲走った声が聞こえた。「おまえは、ここにいろ」と、男の胴間声《どうまごえ》が聞こえ、奥の障子をあける音がした。つづいて畳を踏む音がし、目の前の障子があいた。

横川である。大きな目で、睨むように市之介を見据えた。右手に大刀をひっ提《さ》げている。咄嗟に手にして戸口に出てきたのであろう。

「青井か」

横川は彦次郎に目をやり、

「うぬは、佐々野宗助の所縁《ゆかり》の者だな」

と、訊いた。

「弟、彦次郎、兄の敵を討たせてもらう」

彦次郎が、かすれたような声で言った。緊張して声がうわずっているのだ。

「おれを討てるかな」

横川は口元に薄笑いを浮かべた。余裕がある。相手がふたりでも、後れを取ることはないとみているのかもしれない。

「横川、表へ出ろ！」

市之介が語気を強めた。

「よかろう」

横川は手にした大刀を腰に帯びた。

市之介は四辻のなかほどで横川と対峙《たいじ》した。およそ四間（約七・二メートル）の間合を取って立ち、西の空の残照を背にしていた。戸口から四辻に入ったとき、市之介は残照を背にするように動いたのである。

彦次郎は横川の左手にまわり込んだ。市之介に指示されたとおり、およそ三間半の間合を取っている。

四辻は淡い夕闇につつまれ、表店は店仕舞いし、人影もなかった。西の空の残照が四辻に立った男たちを血のような色の明らみで照らし出している。

「いくぞ！」

市之介が抜刀し、下段に構えた。つづいて、彦次郎も抜き、青眼に構えて切っ先を横川の目の高さにつけた。

ふたりの刀身が残照を映じて、薄い血の色にひかっている。

「下段か」

横川も抜いた。ゆっくりとした動きで刀身を背後に引き、脇構えに取った。わずかに腰を沈めている。横雲の構えである。

横川は、一瞬左手にいる彦次郎に視線を投げたが、口元に薄笑いを浮かべただけで、後は見向きもしなかった。彦次郎の構えから、たいした腕ではないとみてとったのであろう。

横川の顔が赭《あか》黒くひかっていた。残照が肌に映じているのだ。横川はかすかに目を細めたが、気にしている様子はなかった。眩《まぶ》しいほどのひかりではないのだろう。

横川が足裏を地面に擦《す》るようにして間合をつめ始めた。下から突き上げてくるような威圧がある。

市之介は刀身をすこし上げ、切っ先を横川の膝頭あたりに付けた。刀身を迅《はや》く撥《は》ね上げるためである。

左手にいる彦次郎は、横川の動きに合わせて横に動いた。間合は三間半ほどのままである。

横川がジリジリと斬撃の間境《まざかい》に迫ってくる。

市之介は動かない。

ふたりの気勢が高まり、全身から痺《しび》れるような剣気がはなたれている。気合も息の音も聞こえなかった。時のとまったような静寂と鳥肌の立つような緊張のなかで、横川の足裏が地面を擦る音だけが、まるで別の生き物が這い寄ってくるように聞こえていた。

ふいに、横川の寄り身がとまった。一足一刀の間境まで半歩の間合である。横川の顔がかすかにゆがんだ。残照の明るさが気になったようだ。

だが、横川はすぐに表情を消した。そして、全身に激しい気勢を込めた。横川の大柄な体がさらに膨《ふく》れ上がったように見えた。

つっ、と横川が右足を半歩踏み出した。

刹那、横川の全身に斬撃の気がはしった。

イヤアッ！

タアッ！

ほぼ同時に、横川と市之介が裂帛の気合を発した。

ふたりの体が躍動し、刀身が稲妻のように夕闇を切り裂いた。

横川の刀身が脇構えから逆袈裟へ。間髪をいれず、市之介の刀身が下段から跳ね上がった。

キーン、と甲高い金属音がひびき、夕闇に青火が散って、ふたりの刀身が上下にはじき合った。

次の瞬間、市之介は左手に跳びながら刀身を斜に斬り込んだ。一瞬の反応だった。横川はその場で跳ね上がった刀身を構えなおし、横一文字に払った。横雲の太刀捌《さば》きである。

だが、返しの太刀が一瞬遅れた。市之介にはじかれた刀身を構えなおしたためである。

市之介の切っ先が、横川の右手の甲を浅くとらえていた。かすかに血の色が浮いている。一方、横川の切っ先は空《くう》を切って流れた。一瞬の遅れで、切っ先が市之介の首筋にとどかなかったのである。

横川の手の甲から、タラタラと血が流れ落ちた。だが、皮肉を浅く裂かれただけである。戦いに支障はないようだ。

3

「やるな」

横川の口元に薄笑いが浮いた。だが、目は笑っていなかった。大きな目が猛虎のように炯々《けいけい》とひかっている。全身に闘気がみなぎり、肌が赭黒く染まっていた。まさに、手負いの巨獣のような迫力がある。

横川はふたたび脇構えに取り、さきほどより深く腰を沈めた。市之介の下から跳ね上げる太刀に負けぬよう、脇構えからの初太刀を強くするためである。

市之介は下段に構えた。切っ先を横川の膝頭につけている。

一方、彦次郎は青眼に構えたまま切っ先を横川にむけていた。間合を三間半に保ったままである。

「次は、うぬのそっ首を刎《は》ねてくれる」

横川が低い胴間声で言った。

すぐに、横川が間合をつめ始めた。ジリジリと斬撃の間境に迫ってくる。

と、市之介も動いた。趾《あしゆび》を這うようにさせて間合をつめ始めたのだ。市之介は自ら間合をつめることで横川に威圧を与え、気を乱そうとしたのだ。

横川の手の甲から血がタラタラと流れ落ち、赤い糸のような筋を地面に引いている。

ふいに、ふたりの寄り身がとまった。斬撃の間境の半歩手前である。

イヤアッ！

突如、横川が大気を劈《つんざ》くような気合を発した。気当《きあ》てである。横川は気合で、市之介を動揺させるとともに己《おのれ》の闘気を高めようとしたのだ。

だが、市之介の全身から放つ剣気は乱れなかった。それどころか、市之介は横川が気合を発し、体の筋肉が硬直した一瞬をとらえたのだ。

ピクッ、と切っ先が跳ね上がり、市之介の全身に斬撃の気配がはしった。横川に仕掛けさせる誘いだった。

この誘いに横川が反応した。

裂帛の気合を発し、脇構えから逆袈裟に斬り上げたのだ。

だが、市之介は遠間《とおま》からはなった横川の太刀筋を読んでいた。

わずかに身を引いて切っ先をかわし、下段から横川の太腿《ふともも》を狙って、刀身を撥ね上げたのだ。神速の一撃である。

横川が刀身を返して、横に払おうとした一瞬、市之介の切っ先が横川の左の太腿を深くえぐった。

ザクリ、と太腿が袴ごと深く裂け、横川の体勢がくずれた。体勢をくずしながらも、横川は刀身を横に払った。横雲の太刀である。

横川の切っ先が、市之介の肩先をかすめて空を切って流れた。

……横雲の剣を破った！

市之介は頭のどこかで思った。

横川がよろめいた。太腿から血が噴《ふ》き出し、袴を真っ赤に染めていく。

横川は足を踏ん張って体勢をたてなおし、その場につっ立った。

「佐々野、いまだ！」

市之介が声を上げた。

その声に、彦次郎がはじかれたように踏み込み、

「兄の敵！」

と叫びざま、真っ向へ斬り込んだ。

だが、太刀筋が逸《そ》れた。気の異常な昂《たかぶ》りで、肩に力が入り過ぎたのだ。

彦次郎の一撃は横川の頭部ではなく、肩口に食い込んだ。

横川の肩が割れたように裂け、傷口から截断《せつだん》された鎖骨《さこつ》が覗いた。次の瞬間、傷口から血がほとばしり出た。

横川は獣の咆哮《ほうこう》のような叫び声を上げ、たたらを踏むように泳いだ。全身血まみれである。

彦次郎は目をつり上げ、刀を青眼に構えたまままつっ立っていた。切っ先がワナワナと震えている。

「いま一太刀！」

市之介が喝《かつ》するように声をかけた。

ヤアアッ！

彦次郎が甲声《かんごえ》を上げ、踏み込みざま斬り込んだ。

刀身を振り上げて真っ向へ。

にぶい骨音がし、グラッ、と横川の大柄な体が揺れた。

横川の顔が奇妙にゆがんだ瞬間、額が割れ、血と脳漿《のうしょう》が飛び散った。横川は腰からくずれるように転倒した。

俯《うつぶ》せに横たわった横川は、かすかに四肢《しし》を痙攣させていたが、呻き声も悲鳴も上げなかった。絶命したようである。

頭部から流れ出た血が地面に滴《したた》り落ち、かすかな音をたてていた。血が赤い布をひろげるように地面を染めていく。

彦次郎は血刀をひっ提げたまま横川の脇に立っていた。体が顫《ふる》えている。まだ、真剣勝負の興奮が収まらないらしい。

返り血を浴びた彦次郎の顔が、赤い花びらを散らしたように染まっている。

「見事！」

市之介が声をかけた。

「……あ、青井さまのお蔭です」

彦次郎が声を震わせながら言った。

「いや、佐々野が自分の力で兄の敵を討ったのだ」

市之介はつぶやくように言い、四辻に目をやった。人影はなかった。家々は濃い夕闇につつまれている。

西の空には、まだかすかに残照がひろがっていたが、上空は夜の色が濃くなり、星のまたたきが見られた。血のような色をしていた残照は、夜の闇に呑《の》まれて消えようとしている。

市之介の背後で足音がした。見ると、茂吉と糸川が駆け寄ってくる。ふたりは近くまで来て、戦いの様子を見ていたのであろう。

近寄った糸川が、伏臥している横川に目をやって、

「横川を討ち取ったな」

と、小声で言った。

茂吉は横川の死体を見ながら、ざまァねえや、とつぶやいた。

「死骸をこのままにしておけぬな」

市之介が言った。

そこは四辻だった。いまは、ひっそりとして人影もないが、明朝には多くの人々が行き交うだろう。凄惨な死体が横たわっていたら、大騒ぎになるはずである。伊勢田のときと同じように片付けておきたかった。

「家のそばに運んでおくか」

「そうしよう」

四人は横川の死体を借家に運び、戸口の脇の暗がりへ横たえておいた。

横川と同居していた女は家のなかにいるらしく、庭に面した障子がかすかに明らんでいる。

佳乃が座敷から去るのを待ってから、市之介が、

「まったく、何でも首をつっ込みたがる」

と、苦笑いを浮かべて言った。

4

この日、糸川と彦次郎が市之介の家に姿を見せたのだ。佳乃はつるとふたりで茶を運んでくると、佳乃だけがちゃっかりと市之介の脇に膝を折り、男たちの話にくわわろうとしたのだ。

「佳乃、男だけの話だ。下がってくれ」

市之介はそう言って、佳乃を下がらせたのである。

「お綺麗な方ですね」

彦次郎がつぶやくような声で言った。

「まだ、子供だよ」

市之介が、口許に笑みを浮かべた。

「おいくつですか?」

「十五だ」

「そうですか」

彦次郎は、チラッと佳乃が座っていた辺りに目をやった。その目に、かがやきがあった。彦次郎も佳乃を気にかけているのかもしれない。

「佐々野、それにしても、出仕できてよかったではないか」

市之介が声をあらためて言った。

彦次郎と糸川は、彦次郎が佐々野家を継ぎ、兄と同じ御小人目付に出仕できたことを市之介に報告に来たのだ。

「これもみな、青井さまと御目付さまのご尽力によるものです」

彦次郎が殊勝な顔をしていた。

御目付というのは、大草のことである。彦次郎が御小人目付に出仕できるよう動いたのは大草主計であった。

横川を斃《たお》した数日後、市之介は糸川とふたりで大草と会った。そのさい、糸川が事件の経緯を子細《しさい》に話すと、大草は糸川と市之介にねぎらいの言葉をかけてから、彦次郎の身が立つように幕閣に働きかけていることを口にしたのだ。大草にしてみれば、自分が探索を命じたことで佐々野宗助が落命したこともあって、彦次郎を放置しておけなかったのであろう。

「ところで、多賀と茂木はどうなった」

市之介は、ふたりのことが気になっていた。ふたりが謹慎していることまでは聞いていたが、その後どうなったのか、知らなかったのだ。

「まだ、何の沙汰《さた》もないが、ふたりとも切腹はまぬがれまいな」

糸川によると、坂本と小杉が、多賀たちの悪行をすべて話し、筒井屋徳兵衛と勇次の口上書《こうじょうがき》を認めたという。

横川を討った後、糸川、森泉、松浦の三人で小杉を捕らえ、訊問したようだ。当初、小杉は口をひらかなかったらしいが、坂本と勇次が口を割り、勇次の口書きまであることを知ると、しぶしぶ話しだしたという。

「小杉も切腹であろうな」

糸川が言い添えた。

「坂本と菊山、それに室山はどうなるな」

さらに、市之介が訊いた。

三人は幕臣ではなかったし、多賀や茂木に命じられて連絡役をやっていただけのようなので、断罪はまぬがれるかもしれない。

「何か咎《とが》めを受けようが、はたして、どうなるか。……すでに、三人は多賀家と茂木家を出され、俸禄を失っているのだから、それなりの罰《ばつ》は受けたことになるがな」

糸川は曖昧《あいまい》な物言いをした。はっきり分からないのだろう。

「いずれにしろ、これで始末はついたわけだ」

市之介は、黒幕の多賀と凶刃をふるって何人も斬殺した横川たち三人の始末がつけば、それでいいと思っていたのだ。

「それにしても、横川たちは厄介だったな」

糸川が言った。

「あれだけの腕があれば、剣で身を立てることもできただろうにな」

なかでも、横川と伊勢田は出色の遣い手だった。町道場も、やり方によっては隆盛をみただろう。

そのとき、彦次郎が身を乗り出すようにして、

「わたしは此度《こたび》のことで、己の剣がいかに未熟であったか身にしみました」

と、思いつめたような顔をして言った。

「青井さま、願いがございます」

いきなり、彦次郎が畳に両手をつき、市之介を見上げた。少年らしい顔が紅潮している。ひどく真剣な目差《まなざし》だった。

「な、なんだ」

「わたしを、青井さまの剣術の弟子にしてください」

「で、弟子だと。馬鹿なことを言うな。おれは見たとおりの怠け者だ。それに、いまは剣術の稽古もしていないのだぞ」

市之介が慌てて言った。弟子をとる気などまったくなかった。それに、剣術の師匠など自分の柄《がら》ではない。

「ぜ、ぜひ、ご指南のほどを」

彦次郎が深々と頭を下げた。

「だ、駄目《だめ》だ」

市之介が語気を強くして言った。

すると、脇でふたりのやり取りを聞いていた糸川が、

「青井、いいではないか、指南してやれよ。どうせ、暇ではないか」

と、ニヤニヤしながら言った。

「暇ではないぞ。おれも、いろいろ忙しいのだ」

そうは言ったが、暇だった。せいぜい、浜富に出かけて無聊《ぶりょう》を慰めることぐらいしかやることはない。

「青井さま、弟子が駄目なら、手のすいているときだけでも剣術の稽古をつけていただけませんか」

なおも、彦次郎が言いつのった。

「うむ……」

気が向いたときに、稽古をするだけならいいか、と市之介は思い直した。

「お願いいたします」

「まァ、いいだろう。そのかわり、師弟ではなく、いっしょに剣術の稽古をするだけだぞ」

市之介が念を押すように言った。

「で、では、御小人目付のお務《つと》めの許すかぎり、青井さまのお屋敷に通わせていただきます」

彦次郎が嬉しそうな顔をした。

「おれの屋敷でやるのか」

そのとき、市之介の胸に、彦次郎は剣術の稽古を口実に佳乃に逢いに来たいのではあるまいか、と気付いた。

……それでも、いいか。

と、市之介は思った。

彦次郎は、好青年だった。佳乃が嫁ぐのはまだ早いが、彦次郎のような男に心を寄せるのなら間違いは起こらないだろう。それに、男女のことは、どう転ぶかわからないのである。

そう思いをめぐらせたとき、市之介の脳裏におみつとおとせの顔がよぎった。

……おれも、どう転ぶか分からんな。

市之介はそうつぶやき、目尻を下げて指先で顎を撫《な》ぜ始めた。


（了）

解説

細谷正充
（文芸評論家）

一八九七年（明治三〇年）創業という古い歴史を持つ実業之日本社が、いよいよ文庫を創刊するという。しかも創刊ラインナップには、鳥羽亮の書き下ろし長篇『残照の辻　剣客旗本奮闘記』が入っているというではないか。ここに作者を持ってきたのは、まさに慧眼《けいがん》としかいいようがない。なぜなら作者は、文庫書き下ろし時代小説界の、切り込み隊長とでもいうべき存在であるからだ。その意味を説明するために、まずは作者の経歴を眺めてみよう。

鳥羽亮は、一九四六年、埼玉県に生まれる。埼玉大学教育学部卒。幼い頃より剣道に親しみ、大学在学中に三段を取得した。一九六九年より教員生活に入る。以後、長らく教職に勤しむが、一九九〇年『剣の道殺人事件』で第三十六回江戸川乱歩賞を受賞し、ミステリー作家の道を歩みだす。そんな作者が時代小説に手を染めたのは、一九九四年に発表した『三鬼《さんき》の剣』からである。剣道有段者ならではのチャンバラ・シーンと、ミステリーで鍛えたストーリーテラーぶりが相まって、痛快なチャンバラ・ミステリーが誕生したのだ。これが評判となり時代小説も執筆するようになった作者は、一九九八年の『鬼哭《きこく》の剣　介錯人・野晒唐十郎《のざらしとうじゅうろう》』から、文庫書き下ろし時代小説にも進出。その後、たくさんのシリーズ物を、世に送り出してきた。

そんな作者の著書を子細に眺めると、さまざまな局面で文庫書き下ろし時代小説の世界を切り拓いていったことがよく分かる。たとえば、二〇〇〇年九月に講談社文庫から刊行された『妖鬼の剣　直心影流・毬谷直二郎《まりたになおじろう》』。今でこそ盛んに文庫書き下ろし時代小説を出版している講談社だが、この本が出たときは、講談社文庫が書き下ろし作品を出すのかと驚いたものである。また、ハルキ文庫が時代小説専門のレーベルを立ち上げたときも、創刊ラインナップに作者の『剣客同心　鬼隼人《おにはやと》』が加わっていた。さらに近年では、角川文庫で『流想十郎胡蝶剣《ながれそうじゅうろうこちょうけん》』、朝日文庫で『ももんじや　御助宿控帳』を発表し、あまり文庫書き下ろし時代小説とは縁のなかった出版社で、新たな道を作っているのである。

こうした経歴を見ると、実業之日本社文庫の創刊ラインナップに、作者が呼ばれたのは当然のことといえよう。そして作者は、その期待に見事に応えた。本書『残

照の辻　剣客旗本奮闘記』は、堂々たる時代エンタテインメントとして、実業之日本社文庫の創刊を飾っているのである。

外国船による外圧や、尊王攘夷論の台頭により、幕藩体制が大きく揺らぐ弘化三年（一八四六）。二百石の旗本の当主だが、非役で、暇を持て余している青井市之介は、柳橋界隈の料理屋や飲み屋に出入りしていた。家族は母親のつると、十五歳になる妹の佳乃。その他、奉公人として、中間の茂吉と飯炊きの五平、通いの女中のお春がいる。

ある日、柳橋の帰りに三対一の斬り合いを見かけた市之介だが、かかわる気もないので、相手を斬り殺したらしい三人組と、何事もなくすれ違った。しかし、かつて心形刀流《しんぎょうとうりゅう》の伊庭《いば》道場の同門で、今は御徒目付《おかちめつけ》として働いている糸川俊太郎が訪ねてきたことで事態が変わる。俊太郎の話によれば、斬られたのは御納戸衆《おなんどしゅう》の有馬重兵衛と家士・中間の三人。しかも有馬は、刀を横一文字に払った一太刀で、喉を横に斬られていた。俊太郎たち御徒目付が、市之介の伯父で御目付の大草主計の命により、御納戸衆の不正を追っていた最中の凶行であった。

特異な刀法に興味を惹《ひ》かれた市之介は、俊太郎の捜査に同道し、「横雲」という秘剣を遣う迅鬼流の剣客・横川晋兵衛の存在を知った。さらに伯父から、この一件の調査に協力するよう依頼される。だが敵の手により、探索に携わる人々が、次々と斬り殺された。俊太郎も深手を負い、晋兵衛と対峙《たいじ》した市之介も敗北を喫する。いかにして秘剣「横雲」を破るか。不正の構図が明らかになり、事件が終息に向かう中、市之介は晋兵衛との対決に挑むのだった。

数多くのシリーズで、さまざまな剣客ヒーローを生み出してきた作者だけに、本書の主人公・青井市之介もすこぶる魅力的だ。では、どこが魅力的なのか。彼の特色として挙げたいのが、等身大ヒーローとでもいうべき在り方である。まずは冒頭の場面に目を向けたい。自分に関係ないと思えば、斬り合いを見かけても無視する。ところが糸川の話で、友人が関係している事件だと知ると、どうにかすればよかったと後悔する。こうした心の動きは、普通の人のものであろう。また、積極的に事件にかかわるのも、不正を解明するという正義感よりも、秘剣に興味を惹《ひ》かれてのことである。そう、彼は、ありとあらゆる悪に立ち向かうスーパー・ヒーローではない。それでも自分とかかわりのある人なら助けたいという想いと、秘剣への興味という、裡《うち》なるモチベーションに突き動かされて、闘いの渦中に飛び込むのである。気のいい兄ちゃんとでもいうべきか。そんな親しみやすさが、そのまま市之介の魅力になっているのだ。

これに関連して、市之介の立場にも注目したい。非役の旗本である彼は、遊軍的な立場で、事件の探索に乗り出すのだ。権力の側に居ながら、組織のしがらみとは無縁。ある程度、自由気ままに行動できる。市之介の性格ともマッチした、この立ち位置が絶妙だ。まったくもって作者、うまい設定を考えたものである。

さらに市之介の周囲をかためる脇役陣も楽しい。大身旗本の家に生まれ、金に頓着しない母親のつる。お侠《きゃん》な性格で、来客があると部屋に居座って、一緒に話を聞こうとする妹の佳乃。市之介の家に剣の稽古にくる佐々野彦次郎と、佳乃の恋の行方も気になるところだ。おっと、恋といえば、市之介を憎からず想っている、柳橋の料理屋「浜富」の座敷女中のおとせと、俊太郎の妹のおみつとの三角関係がどうなるかも、気になってならない。市之介と周囲の人々が繰り広げる日常のドラマも、本書の大きな読みどころとなっているのだ。

もちろんチャンバラ・シーンも盛りだくさん。いつもの鳥羽作品と同様、迫力のある斬り合いが堪能できる。すでに数百回はチャンバラを描いてきた作者だが、それでも斬新な表現をしてくれるのだから恐れ入る。一例を挙げよう。市之介が、敵のひとりの伊勢田と対決する場面だ。市之介に右手の甲を斬られ、気が異常に昂《たかぶ》り、体が緊張して震えだした伊勢田を、作者はこう描写する。

「だが、伊勢田の闘気は衰えなかった。全身に激しい気勢を込めて間合いをつめてくる。市之介の目線につけられた切っ先が眼前に迫ってきた。その切っ先が昆虫の触手のように震え、大気のなかで喘ぐように揺れている」

うーん、素晴らしい。この文章の〝その切っ先が昆虫の触手のように震え〟という部分を読んだとき、私の頭の中には、一瞬にしてビジュアル・イメージが浮かんだ。子供の頃に捕まえた虫の触手の震えを思い出し、それが刀の切っ先の震えへと転化され、鮮やかな映像が脳内で創られたのである。こういう描写こそが、作者のチャンバラ・シーンを読むときの、楽しみになっているのである。

そんな作者が、市之介と横川晋兵衛との対決シーンをいかにして描いたか。〝残照の辻〟で行われた斬り合いの結果は、ぜひ読者自身の目と心で確認していただきたい。ただ、これだけはいっておこう。斬り合いを、ここまでリアルに書けるものなのか。ここまで深く書けるものなのか。実際の武道家である作者だからこそ可能な、迫真のチャンバラに、心が昂るのだ。

なお本書は、シリーズ化の予定があるとのことである。主人公の青井市之介を始めとする人々に、これから何度も会うことができると思うと、嬉しくてしょうがない。実業之日本社文庫と歩調を合わせながら、どこまでシリーズが成長していくのか。ワクワクしながら、見守っていきたいのである。

本書は書き下ろしです。

実業之日本社文庫　創刊ラインナップ

内田康夫
名探偵浅見光彦の食いしん坊紀行
軽井沢のセンセと名探偵のコンビが日本各地を食べ歩くフォト&エッセイ集。書き下ろしが加わって再構成された完全版。
う11

恩田 陸
いのちのパレード
ホラー、ミステリ、ファンタジー……あらゆるジャンルに越境し、読者を幻惑する摩訶不思議な異色短編集。（解説／杉江松恋）
お11

堂場瞬一
水を打つ(上)　堂場瞬一スポーツ小説コレクション
コレクション第1弾は特別書き下ろし。競泳五輪代表を目指して死闘を繰り広げる男たちの熱き人間ドラマ。下巻は11月刊。
と11

東野圭吾
白銀ジャック
ゲレンデを乗っ取った犯人の動機は金目当てか復讐か。圧倒的な疾走感で読者を翻弄する痛快サスペンス、いきなり文庫化！
ひ11

平山瑞穂
プロトコル
個人情報漏洩事件に巻き込まれた生真面目OL・有村ちさとの運命は!?　一作ごとに変容する異才の傑作長編。（解説／津村記久子）
ひ21

森村誠一
純愛の証明
失踪した19歳のコールガールと、社会的地位も家庭もある中年男の愛のかたちとは。棟居刑事証明シリーズ。（解説／大野由美子）
も11

柳 広司
パルテノン　アクロポリスを巡る三つの物語
古代ギリシア黄金期が舞台の歴史ミステリー。『ジョーカー・ゲーム』でブレイクした著者の原点がここに！（解説／宮部みゆき）
や11

山本幸久
ある日、アヒルバス
入社5年目の若手バスガイドを描く爆笑&涙のお仕事青春小説。文庫オリジナル「東京スカイツリー編」収録！（解説／小路幸也）
や21

実業之日本社文庫 と21

残照《ざんしょう》の辻《つじ》 剣客旗本奮闘記《けんかくはたもとふんとうき》

2010年10月15日　初版第一刷発行

著　者　鳥羽《とば》 亮《りょう》

発行者　増田義和
発行所　株式会社実業之日本社
〒104-8233　東京都中央区銀座 1-3-9
電話 [編集]03(3562)2051 [販売]03(3535)4441
ホームページ http://www.j-n.co.jp/
印刷所　大日本印刷株式会社
製本所　大日本印刷株式会社

フォーマットデザイン　鈴木正道(Suzuki Design)

ISBN978-4-408-55003-9（文芸）